자기만의 방

자기만의 방

A Room of One's Own

버지니아 울프 지음 공경희 옮김

A ROOM OF ONE'S OWN
by VIRGINIA WOOLF (1929)

이 책은 실로 꿰매어 제본하는 정통적인 사철 방식으로 만들어졌습니다.
사철 방식으로 제본된 책은 오랫동안 보관해도 손상되지 않습니다.

자기만의 방

〈앎〉에 대한 고전들의 고전
정희진

울프가 이끄는 풍경
197

버지니아 울프 연보
201

1

한데 〈우린 여성과 소설에 대한 강연을 요청했는데, 그것과 자기만의 방이 무슨 관련이 있나요?〉라고 물을지 모르겠네요. 설명해 보지요. 나는 여성과 소설에 대해 이야기해 달라는 청탁을 받자 강둑에 앉아 그 말의 의미를 궁리하기 시작했습니다. 그저 패니 버니[1]와 관련해 몇 마디 언급하고, 제인 오스틴에 대해 몇 마디 더 말하라는 뜻일 수도 있었습니다. 브론테 자매들을 격찬하고, 눈 내린 하워스 사제관[2] 이야기를 간단히 하고요. 또 가능하면 밋퍼드[3]에 대해 재담을 던지고, 조지 엘리엇에 대한 존경심을 밝히고, 개스켈[4]을 언급하는 정도면 됐을 겁니다. 그런데

1 Frances Burney(1752~1840). 풍속 소설의 발달에 획기적인 역할을 한 영국 소설가. 〈패니 버니〉라는 애칭으로 많이 불렸다. 이하 〈원주〉라고 표시하지 않은 모든 주는 옮긴이의 주이다.
2 브론테 자매는 요크셔의 하워스에 있는 교회의 사제관에서 성장했다.
3 Mary Russell Mitford(1787~1855). 시골 생활에 대한 활기찬 묘사로 유명한 영국의 극작가이자 수필가.

다시 생각하니 이 제목이 그리 간단해 보이지 않더군요. 〈여성과 소설〉이라는 제목은, 여성과 여성이 어떤 존재인가를 의미할 수도 있었습니다. 그것이 여러분의 의도였을지 모릅니다. 혹은 여성과 여성이 쓰는 소설을 뜻하거나, 여성과 여성에 대해 집필되는 소설을 뜻할 수도 있었지요. 아니면 그 세 가지가 밀접하게 얽혀 있고, 여러분은 내가 그런 견지에서 고민하기를 바랄 수도 있을 테죠. 가장 흥미로워 보이는 마지막 관점에서 주제를 고심하기 시작하니 곧 치명적인 단점이 하나 있는 걸 알았습니다. 내가 결론을 내리지 못하리란 점이었지요. 한 시간의 강연이 끝나면, 강연자가 알려 준 순수한 진실 덩어리가 여러분의 공책 갈피에 담겨 영원히 벽난로 선반에 꽂혀야 합니다. 그게 강연자의 첫 번째 의무지만, 난 그러지 못할 터였습니다. 내가 할 수 있는 최선이라고 해봐야 사소한 부분에 대해 견해를 밝히는 정도였습니다. 여성이 소설을 쓰려면 반드시 돈과 자기만의 방을 가져야 한다는 점 말입니다. 그리고 여러분도 알게 되겠지만, 그것은 여성의 본질과 소설의 본질이라는 중대한 문제를 미제로 남깁니다. 나는 이 두 문제에 대해 결론을 내리는 의무를 회피해 왔습니다. 그래서 내게 〈여성과 소설〉이라는 주제는 풀리지 않은 문제로 남아 있습니다. 하지만 얼마간 이를 벌충하기 위해

4 Elizabeth Gaskell(1810~1865). 영국 빅토리아 시대의 소설가.

내가 어떻게 이 방과 돈에 대한 견해에 도달하게 되었는지 힘껏 밝혀 보겠습니다. 여러분 앞에서 최대한 온전하고 자유롭게 이 생각에 이른 맥락을 짚어 보겠습니다. 내가 이 발언의 이면에 깔린 생각과 편견을 드러내 보이면, 여러분은 그중 일부는 여성과, 일부는 소설과 관련되어 있다는 것을 깨닫게 될 겁니다. 어쨌거나 논란의 여지가 많은 주제인 경우 — 성(性) 관련 문제는 뭐든 그렇지요 — 진실을 밝히려는 포부를 품을 수가 없습니다. 그저 어떤 의견을 어떻게 갖게 되었는지 밝힐 수 있을 따름이지요. 강연자의 한계, 편견, 특성을 지켜보면서 나름의 결론을 도출할 기회를 청중에게 줄 수 있을 뿐입니다. 그러니 여기서는 사실보다 소설이 더 많은 진실을 담을 수 있을 겁니다. 따라서 나는 소설가가 누리는 자유와 권리를 총동원해서 여기 오기 이틀 전의 이야기를 해보겠습니다. 여러분이 내 어깨에 지워 준 무거운 주제에 얼마나 짓눌리고 고심하면서 일상의 안팎에서 모색했는지 말해 보지요. 이야기에 등장하는 요소들이 실재하지 않는다는 말은 할 필요가 없을 겁니다. 옥스브리지는 가상의 공간이고 퍼넘도 마찬가지입니다. 〈나〉는 실존하지 않는 누군가를 편리하게 지칭하는 대명사일 뿐입니다. 내 입에서 거짓말이 술술 나올 테지만, 간간이 진실도 섞일 겁니다. 이 진실을 찾는 것도, 어느 대목이 간직할 만한지 결정하는 것도 여러분입니다. 그릴 만한 게 없다면 이야기를 통째로 쓰레기통에 던지고 싹 잊으면 그뿐입니다.

1~2주 전인 화창한 10월의 어느 날, 나는(메리 비턴이든 메리 시턴이든 메리 카마이클이든[5] 좋을 대로 부르시길. 전혀 중요하지 않으니까요) 생각에 잠겨 강둑에 앉아 있었습니다. 이미 말했던 여성과 소설의 연관성, 온갖 편견과 격정을 일으키는 주제의 결론을 내려야 했기에 고심했지요. 좌우로 잡목 숲이 단풍이 들어 금빛과 진홍색으로 빛났고, 불의 열기로 타는 것처럼 보일 정도였습니다. 먼 강둑에서 버드나무들이 어깨까지 머리를 풀고 끝없이 애절하게 흐느꼈습니다. 강은 하늘, 다리, 타는 나무 할 것 없이 모든 것을 비추었고, 학부생이 노를 저어 물그림자를 헤집고 지나가자 아무 일 없었던 듯 수면은 다시 온전해졌습니다. 생각에 잠겨 하염없이 거기 앉아 있을 만도 했습니다. 생각 — 가당치 않지만 그런 대견한 명칭으로 부르자면 — 이 물살 속에 낚싯줄을 내렸지요. 그림자와 수초 사이에서 시시각각 이리저리 낚싯줄이 흔들리며 물살에 떠올랐다 잠기다가 — 그 가벼운 일렁임을 아시지요 — 문득 낚싯줄 끝에 아이디어가 모이는 겁니다. 그래서 신중하게 줄을 당겨 그것을 꺼냈지 않겠습니까?

5 스코틀랜드의 유명한 옛 시 「메리 해밀턴의 발라드」에 등장하는 인물들. 위의 셋과 메리 해밀턴까지 네 명의 메리가 소개된다.

아쉬워라, 풀 위에 놓인 내 생각은 얼마나 작고 얼마나 볼품없던지. 착한 어부라면 그런 물고기는 다시 물로 돌려보낼 겁니다. 더 살이 올라 언젠가 요리해서 먹을 만해지도록 말이지요. 이제 그 생각으로 여러분을 괴롭히지 않으렵니다. 여러분이 주의해서 본다면, 내가 풀어놓는 이야기 속에서 그 생각을 찾아내겠지만.

그런데 아무리 볼품없어도 나름의 독특한 면이 있어서, 다시 머리에 담으니 갑자기 무척 격렬하고 중요해지더군요. 뛰어올랐다 가라앉고 여기저기 번뜩였고, 아이디어들이 격류와 소용돌이를 일으키자 더 이상 가만히 있을 수가 없었습니다. 그래서 나도 모르게 잰걸음으로 잔디밭을 가로질러 갔던 겁니다. 곧 남자의 형상이 나타나 나를 막더군요. 처음에는 양복과 셔츠 차림의 그 특이한 형체의 몸짓이 나를 향하는 줄 몰랐습니다. 그의 얼굴은 경악과 분노로 얼룩져 있었지요. 나는 그가 교구 직원이고 내가 여성이라는 걸, 이성보다 본능으로 감지했습니다. 여기는 잔디밭이었고 통행로는 따로 있었습니다. 이곳은 연구원과 학자 들만 출입할 수 있고 나는 자갈길로 지나가야 해. 그런 생각이 순식간에 스치더군요. 내가 통행로로 들어서자 교구 직원은 팔을 내리고 평소의 차분한 표정을 지었고, 자갈길보다 잔디밭이 걷기 편하지만 내가 큰 해를 입은 것도 아니었지요. 거기가 어느 칼리지든[6] 연구원들과 학자들에게 할 수 있는 항의라곤 그저 3백 년간 깔려 있던 잔디를 보호한다는 명목으로 내 작은 물고기를 숨어 버리게 했다는 것뿐이었습니다.

무슨 아이디어였기에 내가 그렇게 대담하게 잔디를 밟도록 만들었는지는 기억나지 않습니다. 평화의 정령이 구름처럼 하늘에서 내려왔지요. 평화의 정령이 어딘가 머무는 곳이 있다면 그곳은 근사한 10월 아침 옥스브리지의 안뜰과 주위 건물일 겁니다. 그 칼리지들을 거닐면서 유서 깊은 강의실들 앞을 지나노라니 현재의 각박함이 물러나는 듯했고, 몸이 어떤 소리도 뚫지 못하는 마법의 유리 상자 안에 들어 있는 것만 같았습니다. 현실에서 벗어난 정신은 (다시 잔디밭을 지나지만 않는다면) 그 순간과 어우러지는 사유에 저절로 빠져들더군요. 우연히도 긴 휴가 때 옥스브리지를 다시 찾은 일을 다룬 찰스 램[7]의 옛 수필이 생각나자 그가 머릿속에 떠올랐습니다. 새커리는 램의 편지를 이마에 붙이고 〈성자 찰스〉라고 말했다지요. 램은 모든 고인들 중 (떠오르는 대로 말하자면) 나와 가장 마음이 맞는 사람 중 하나이고, 어떻게 그런 에세이들을 썼는지 묻고 싶은 문필가지요. 그의 에세이는 맥스 비어봄[8]의 완벽한 작품들보다도 더 뛰어나다고 나

6 옥스퍼드, 케임브리지 대학은 다수의 칼리지로 구성된다.
7 Charles Lamb(1775~1834). 영국의 수필가, 서간문 작가.

는 생각했습니다. 거침없이 번뜩이는 상상력과 중간에 전
광석화처럼 튀어나오는 천재성은 작품을 흠결 있고 불완
전하게 만들지만 시로 물들이니까요. 램은 1백 년 전쯤에
옥스브리지에 왔습니다. 그는 여기서 밀턴의 시 원고를
보고 에세이를 썼습니다. 에세이 제목은 떠오르지 않는
군요. 램이 본 것은 「리시다스」였고, 램은 「리시다스」의
어떤 단어든 지금과는 달라질 수도 있었다는 사실을 생
각하자 자신이 얼마나 충격을 받았는지 썼습니다. 밀턴
이 그 시에서 표현을 바꾼다는 생각이 램에게는 신성 모
독처럼 느껴졌거든요. 이런 생각을 하다가, 나는 「리시다
스」를 최대한 기억해 내서 밀턴이 어떤 단어를 수정했을
지, 또 무슨 이유였을지 추측하는 재미를 맛봤습니다. 그
때 램이 봤던 바로 그 원고가 몇백 미터 거리에 있으니,[9]
그의 발자취를 따라 안뜰 주변을 지나서 보물이 보관된
그 유명한 도서관에 가볼 수 있겠다 싶었습니다. 더욱이
이 계획을 실행하면서 도서관이 새커리의 『헨리 에스먼
드 이야기』 원고도 소장 중이라는 사실이 기억났습니다.
비평가들은 『헨리 에스먼드 이야기』가 새커리의 가장 완
벽한 소설이라고 자주 말합니다. 하지만 내가 기억하기

8 Max Beerbohm(1872~1956). 영국의 수필가, 화가.
9 실제로 케임브리지 대학 트리니티 칼리지에 존 밀턴의 시 「리시다
스」 원고가 보존되어 있다.

로는 18세기를 흉내 낸 겉멋 부린 문체가 걸림돌입니다. 새커리에게 18세기 문체가 몸에 밴 게 아니라면요. 그것은 원고를 살펴보고 수정한 이유가 문체 때문이었는지 의미 때문이었는지 파악하면 증명될 것입니다. 한데 그러면 무엇이 문체고 무엇이 의미인지 결정해야 할 테고, 이 문제는…… . 실제로 나는 여기 도서관으로 접어드는 문에 당도했습니다. 내가 문을 연 게 확실할 겁니다. 즉시 문간을 지키는 수호천사 같은 사람이 흰 날개 대신 검은색 가운을 펄럭이며 내 앞에 나타난 것을 보면. 은발의 친절한 신사가 나가라는 손짓을 하며 유감스러운 듯 낮은 목소리로 말했습니다. 숙녀들은 칼리지 연구원과 동행하거나 소개장을 구비해야만 도서관에 입장할 수 있다고요.

유명 도서관에게는 어떤 여성에게 욕을 먹는 일쯤이야 신경 쓸 문제가 아니겠지요. 권위 있고 차분한 도서관은 가슴에 보고를 안전하게 품은 채 태평하게 잠들어 있고, 내가 보기엔 영원히 그렇게 잠들어 있을 것입니다. 나는 그 메아리를 깨우지 않을 테고, 다시는 환대를 요구하지 않을 겁니다. 그런 맹세를 하면서 분개하며 계단을 내려왔습니다. 아직 오찬까지 한 시간이 남았는데 뭘 해야 할까요? 풀밭을 거닐까? 강가에 앉아 있을까? 정말이지 아름다운 가을 아침이었습니다. 단풍이 든 나뭇잎이 펄럭이며 바닥으로 떨어졌습니다. 어느 쪽을 택하든 어려울

건 없었습니다. 하지만 음악 소리가 귀를 울렸습니다. 예배나 행사가 진행될 참이었습니다. 오르간이 웅장하게 툴툴댈 때 나는 예배당 문을 지났습니다. 그 평온한 대기 속에서는 기독교의 비애조차 슬픔 자체라기보다는 슬픔의 기억처럼 울렸습니다. 고풍스러운 오르간의 신음조차 평화 속에 잠긴 듯했습니다. 들어갈 권한이 있다 해도 그러고 싶은 마음이 없었습니다. 아마 이번에는 성당지기가 막으면서 세례 증서나 참사회장의 소개장을 요구하겠지요. 하지만 이런 장엄한 건물의 외관은 내부 못지않게 아름답기가 다반사지요. 더구나 회중이 떼 지어 들어갔다 다시 나오는 광경을 구경하는 것도 충분히 재미있었습니다. 그들은 벌집 입구의 벌 떼처럼 성당 문간에서 분주하더군요. 많은 사람들이 모자와 가운을 걸치고 있었고, 일부는 어깨에 모피 장식을 두르고 있었습니다. 휠체어에 탄 사람들도 있었고, 어떤 이들은 아직 중년인데도 주름이 많고 특이한 체형으로 변해서, 수족관 모래밭에서 어렵사리 올라오는 거대한 게와 가재를 연상시켰습니다. 벽에 기대어 있으니, 대학이 희귀한 것들이 보존된 성소처럼 보였습니다. 스트랜드[10]에서 살아남기 위해 경쟁한다면 곧 무용지물로 전락할 것들 말입니다. 옛 참사회장들과 옛 명사들의 옛이야기가 머릿속에 떠올랐지만,

10 런던의 중심 지역.

휘파람을 불 용기를 내기도 전에 — 휘파람 소리가 나면 늙은 교수가 즉시 쫓아 나온다는 얘기가 있었죠 — 덕망 있는 회중은 예배당으로 들어가 버렸습니다. 예배당 밖은 여전했습니다. 알다시피 높은 돔 지붕과 첨탑은, 정박하지 않고 계속 항해하는 선박처럼, 밤에 불을 밝히면 먼 언덕을 지나 몇 마일 밖에서도 보입니다. 이 부드러운 잔디밭이 있는 안뜰 주변, 큰 건물들, 예배당도 전에는 늪지여서 풀이 흔들리고 돼지가 주둥이로 땅을 팠을 겁니다. 먼 지역에서 말과 소 들이 돌을 실은 수레를 끌고 왔겠지요. 끝없는 노동으로 회색 돌덩이들이 차곡차곡 쌓였을 겁니다. 지금 나는 그 돌의 그늘에 서 있습니다. 도장공들이 색유리를 가져와 창에 끼웠고, 수 세기 동안 석공들은 저 지붕에서 퍼티와 시멘트, 삽과 흙손으로 분주하게 움직였겠지요. 매주 토요일 누군가 가죽 지갑에서 금은을 꺼내 늙은 손에 쥐여 주면, 일꾼들도 하루 저녁쯤은 마시고 즐기며 보냈겠지요. 재화가 끊임없이 교정에 유입되어 계속 석재가 들어오고 석공들을 일하게 만들었을 거예요. 편평하게 고르고 도랑을 파고, 땅을 파고 배수로를 만들고. 당시는 신앙의 시대였던지라 깊은 토대에 놓인 돌에 돈이 풍족하게 쇄도했습니다. 돌들이 올라가면 왕실과 귀족들의 금고에서 더 많은 돈이 쏟아져 나와, 여기서 성가가 울리도록 하고 학자들로 하여금 가르치게 했습니다. 토지가 하사되었고 십일조 세금[11]이 걷혔습니다. 그러다 신앙의 시대가 끝나고 이성의 시대가 도래했을 때에도 여전히 재화의 물결은 계속되었습니다. 연구 기금이 설립되고 강사 기금이 기부되었습니다. 다만 이번에 돈이 나온 곳은 왕의 금고가 아닌 상인들과 제조업자들의 돈궤였습니다. 말하자면 산업으로 부를 축적하고 자신들이 직업 교육을 받은 대학에 더 많은 의자와 강사직과 연구 기금을 마련할 수 있도록 유언장을 통해 큰 재산을 기부한 이들의 지갑에서 돈이 나왔지요. 그래서 도서관, 실험실, 관측소 들이 생겼고, 현재 비싸고 정밀한 도구들로 이루어진 멋진 장비가 유리 선반에 진열되어 있습니다. 수 세기 전에는 풀이 흔들리고 돼지가 주둥이로 땅을 파던 바로 그곳에 말이지요. 교정을 한 바퀴 돌자니 금은으로 다져진 기반의 깊이는 충분한 듯 보였습니다. 잡초는 포장도로로 덮였습니다. 쟁반을 머리 위로 든 남자들이 계단에서 계단으로 부지런히 움직이고 있었습니다. 창가에는 화사한 꽃들이 피어 있었지요. 안쪽 방에서 축음기 소리가 터져 나왔습니다. 사색에 잠기지 않을 수가 없었지만, 사색의 내용이 무엇이든 불쑥 중단되어 버리고 말았습니다. 시계 종이 쳤습니다. 오찬을 하러 갈 시간이 되었습니다.

11 교회를 후원하기 위해 걷은 십일조 세금.

묘하게도 소설가들은 오찬 파티란 항상 누군가가 건넨 대단히 위트 있는 말이나 현명한 행위 때문에 기억에 남는 법이라고 믿게 하는 재주가 있지요. 뭘 먹었는지는 한마디도 하지 않습니다. 수프와 연어와 오리고기에 대해서는 언급하지 않는 게 소설가의 관습입니다. 마치 수프와 연어와 오리고기는 전혀 중요하지 않은 것처럼, 또 아무도 시가를 피우거나 포도주 한잔 마시지 않은 것처럼 말이지요. 하지만 여기서 나는 그런 관습을 거부할 재량권을 누리면서, 이날의 오찬이 가자미로 시작됐다는 말을 하렵니다. 대학 요리사는 우묵한 접시에 가자미를 담고 새하얀 크림을 올렸더군요. 암사슴의 옆구리 반점 같은 갈색 점이 여기저기 있는 것을 제외하면 하얀 크림만 보였습니다. 다음으로 자고새 고기가 나왔는데, 털 없는 갈색 새 두어 마리가 접시에 담겼겠거니 짐작하면 오산입니다. 다양한 자고새 여러 마리에 싸한 맛과 달달한 맛의 소스들과 샐러드들이 순서대로 곁들여졌습니다. 감자는 동전처럼 얇지만 과하게 딱딱하지 않았고, 장미 봉오리처럼 잎이 달린 싹양배추는 훨씬 즙이 많았습니다. 구이 요리와 곁들이 음식의 순서가 끝나자마자 조용하게 서빙하던 교구 직원이 더 온화한 태도로, 냅킨으로 장식된 것을 우리 앞에 놓았습니다. 파도에서 설탕을 떠오르게 한 듯한 모양의 당과였습니다. 이것을 푸딩이라고 부르며 쌀과 타피오카와 관련짓는다면 그건 모욕일 거예요. 한편 포도주 잔에는 노란색이 쏟아졌다가 진홍색이 쏟아졌고, 잔이 비면 다시 채워졌습니다. 그러자 점차 영혼이 깃든 자리인 척추 중간쯤에 취기가 불빛처럼 번졌습니다. 그 기운이 입술에서 나올 때는 영민함이라는 눈부신 전등빛이 아니라, 더 깊고 섬세한 지하의 불빛이 나오지요. 그 불빛은 이성적인 교류라는 샛노란 불꽃입니다. 서두를 필요가 없습니다. 불꽃을 튀길 필요도 없고요. 자신이 아닌 누군가가 될 필요도 없습니다. 우리 모두 천국에 갈 것이고, 반다이크[12]가 동행합니다. 달리 말해 고급 담배에 불을 댕기고 창가 자리의 쿠션에 파묻힐 때면 인생이 얼마나 훌륭해 보이고, 그 보상이 얼마나 달콤하며, 이런 원한이나 저런 불만이 얼마나 사소하고, 우애와 모임이 얼마나 감동스럽습니까.

혹시 운이 좋아 재떨이가 옆에 있었더라면, 게을러서 창밖에 재를 털지 않았더라면, 조금이라도 사정이 달랐더라면, 아마도 꼬리 없는 고양이를 보는 일은 없었을 겁니다. 교정을 가만히 지나는, 그 퉁명스러운 꼬리 없는 동물을 보자, 우연히 잠재의식 속의 지성이 떠올라 감정의

12 Anthony Van Dyck(1599~1641). 17세기 플랑드르의 화가로, 바로크 시대 최고의 궁정 화가 중 한 명이다. 18세기 영국 화가 토머스 게인즈버러는 유언으로 〈우리는 모두 천국에 갈 것이고, 반다이크가 동행할 것이다〉라는 말을 남겼다고 한다.

빛을 바꾸어 놓았습니다. 마치 누군가가 그림자를 떨어뜨린 것 같았지요. 어쩌면 고급 포도주의 취기가 가신 거겠지요. 우주에 대해 묻는 듯 잔디밭 한가운데서 가만히 멈춰 있는 맹크스[13]를 보자, 확실히 무언가 부족하고 무언가 달라 보이는 것 같았습니다. 대화를 들으면서 부족한 게 뭔지, 다른 게 뭔지 자문했습니다. 그 질문에 답하기 위해, 그 방에서 벗어나 과거로, 전쟁 전으로 돌아가 생각해야 했습니다. 이곳에서 과히 멀지 않은 방에서 열렸지만 달랐던 오찬 파티의 풍경을 내 눈앞에 펼쳐야 했습니다. 모든 것이 달랐지요. 그동안 파티 손님들은 계속 대화를 나누었습니다. 젊은이들이 많았고, 남성들도 있었고 여성들도 있었습니다. 대화는 물 흐르듯 순조롭고 자유롭고 재미나게 이어졌습니다. 대화가 진행되는 동안 나는 앞서 말한 파티의 대화 장면을 배경에 놓고 두 대화를 비교해 보았습니다. 그러자 하나가 다른 하나의 후계자, 적법한 상속자라는 것을 확신하게 되었지요. 변한 건 없었습니다. 달라진 건 없었습니다. 다만 여기서 내가 귀를 기울이는 것이 오가는 말이 아닌 그 뒤의 중얼거림이나 흐름이라는 점만 달랐지요. 맞습니다. 그거였습니다. 거기에 변화가 있었습니다. 전쟁 전 이런 오찬 파티에서도 정확히 똑같은 말이 오갔겠지만, 그것은 다르게 들렸

13 영국 맨섬이 서식지인 꼬리 없는 고양이 품종.

을 겁니다. 왜냐하면 그 시절에는 정확히 발음되지는 않지만 선율 같고 신명 나는 흥얼거리는 소리가 함께하고 있었으니까요. 그것이 말 자체의 가치를 바꾸었지요. 그 흥얼거리는 소리를 언어로 바꿀 수 있을까요? 아마 시인들의 도움을 받으면 그럴 수 있겠지요. 내 옆에 책이 한 권 있기에 책장을 넘겨 흔연스럽게 테니슨을 펼쳤습니다. 여기서 테니슨은 이렇게 노래하더군요.

대문 옆 시계꽃에서
  눈부신 눈물이 떨어졌네.
그녀가 온다네, 나의 비둘기, 나의 사랑.
  그녀가 온다네, 나의 생명, 나의 숙명.
붉은 장미가 외치네. 「그녀가 가까이 왔다, 그녀가 가까이 왔어.」
  그러자 백장미는 흐느끼네. 「그녀가 늦네.」
제비고깔이 귀 기울이지. 「들린다, 들려.」
  그러자 백합이 속삭이네. 「난 기다리고 있어.」[14]

전쟁 전 남성들은 오찬 파티에서 이렇게 흥얼거렸을까요? 여성들은요?

14 앨프리드 테니슨의 시 「모드」 중에서.

내 심장은 물오른 어린 가지에 둥지를 튼
　　노래하는 새 같네.
내 심장은 가지에 무성한 과일이 달린
　　사과나무 같지.
내 심장은 잔잔한 바다에서
　　노를 젓는 무지갯빛 조가비 같네.
내 심장은 이 모든 것보다 기쁘지
　　내 사랑이 내게 오기에.[15]

　전쟁 전 오찬 파티에서 여성들은 이렇게 흥얼거렸을
까요?

　전쟁 전 오찬 파티에서 사람들이 숨죽여서나마 이렇게
흥얼댔다고 생각하니 너무 우스워서 나는 그만 웃음을
터뜨렸습니다. 그러고는 웃음의 핑계로 맹크스 고양이를
가리켜야 했지요. 잔디밭 가운데 있는 꼬리 없는 고양이
는 좀 괴상해 보였습니다. 가여운 녀석. 정말 저렇게 태어
난 걸까, 아니면 사고로 꼬리를 잃은 걸까? 꼬리 없는 고
양이가 맨섬에 서식한다지만, 흔히들 생각하는 것보다는
드뭅니다. 이상야릇한 동물이지요. 아름답기보다는 별납
니다. 꼬리가 얼마나 큰 차이를 만드는지, 묘한 일이지요.
이런 말을 하면서 오찬 파티는 파하고 사람들은 코트와

15 크리스티나 로제티의 시 「생일」 중에서.

22

모자를 찾으러 갑니다.

이 파티는 주최자의 선의 덕에 오후 늦도록 계속됐습니다. 아름다운 10월의 하루가 저물어 갔고, 가로수길을 걷고 있자니 나무에서 낙엽이 떨어졌습니다. 뒤에서 문들이 차례로 가만히, 단호하게 닫혔습니다. 수많은 교구직원이 수많은 열쇠를 기름칠이 잘된 열쇠 구멍 속에 꽂아 넣었고, 보물의 집은 또 하룻밤 안전하게 지켜질 터였지요. 가로수길을 지나면 도로를 만나게 되고 — 이름을 잊었네요 — 오른쪽으로 돌면 퍼넘으로 가게 됩니다. 그런데 시간이 많습니다. 만찬은 7시 30분에 시작됩니다. 이런 오찬 후에는 굳이 만찬을 하지 않아도 될 만했습니다. 머릿속에 떠오른 시구절이 길을 걸을 때 다리를 잘 움직이게 하니 이상한 일이지요. 그 시구절이 —

대문 옆 시계꽃에서
눈부신 눈물이 떨어졌네.
그녀가 온다네, 나의 비둘기, 나의 사랑.

내가 잰걸음으로 헤딩리를 향하는 동안 내 핏속에서 이렇게 울렸습니다. 그러다가 다른 리듬으로 바꾸어서, 둑 옆의 포말이 부서지는 곳에서 나는 노래를 불렀습니다.

내 심장은 물오른 어린 가지에 둥지를 튼
　　노래하는 새 같네.
내 심장은 가지에 무성한 과일이 달린
　　사과나무 같지.

　대단한 시인들이야! 해 질 녘 사람들이 그러듯 나도 크
게 외쳤습니다. 대단한 시인들이야!
　일종의 시샘이었겠지요. 어리석고 어처구니없는 비교
겠지만, 우리 시대의 생존 시인들 가운데 당시의 테니슨
과 크리스티나 로제티만큼 위대한 시인 두 명을 꼽을 수
있을지 의심스러웠습니다. 포말을 바라보며 나는 그들은
타의 추종을 불허한다고 생각했습니다. 그 시들이 사람
들에게 그런 탐닉, 그런 황홀감을 주는 이유는, 사람들이
전에 느끼곤 하던 어떤 감정(아마도 전쟁 전 오찬 파티들
에서 느꼈던)을 기리기 때문입니다. 그래서 그 감정을 누
르거나 지금의 감정과 비교하는 번거로움 없이 쉽게, 익
숙하게 반응할 수 있기 때문이지요. 그런데 생존 시인들
은 실제로 마음속에 생겼다가도 그 순간 떨어져 나가 버
리는 감정을 표현합니다. 처음에는 그 감정을 인지하지
못하고, 웬일인지 그것을 두려워하는 경우도 많습니다.
또는 그것을 예의 주시하고, 시샘과 의심의 눈초리로 자
신이 알던 옛 감정과 비교하기도 합니다. 그래서 현대 시

는 어렵고, 이 어려움 때문에 어떤 훌륭한 현대 시라도 두 줄 이상 외우지 못합니다. 이런 이유로 — 기억이 나지 않아서 — 자료가 부족해 나의 논의는 시들해져 버렸습니다. 하지만 나는 계속 헤딩리로 향하면서 생각했습니다. 왜 우리는 오찬 파티에서 속으로 흥얼대길 중단했을까? 왜 테니슨은

그녀가 온다네, 나의 비둘기, 나의 사랑.

이라고 노래하기를 멈추었을까? 왜 크리스티나 로제티는

내 심장은 이 모든 것보다 기쁘지
내 사랑이 내게 오기에.

라고 답하기를 멈추었을까?
왜 우리는 전쟁을 탓해야 될까요? 1914년 8월 총성이 울리자,[16] 남녀가 서로 너무 못나 보여서 로맨스가 죽어 버린 걸까요? 포화 속에서 통치자들의 면면을 본 것이 (특히 교육 등등에 대해 환상을 가진) 여성들에게는 충격이었음이 분명합니다. 그들 — 독일인, 영국인, 프랑스인

16 독일이 벨기에를 공격하면서 제1차 세계 대전이 발발했다.

── 이 너무도 추하고 너무도 아둔해 보였습니다. 하지만 무엇에 혹은 누구에게 비난을 돌리든 간에, 테니슨과 크리스티나 로제티가 사랑의 도래를 그리 열정적으로 읊도록 영감을 준 환상이 당시보다 지금 훨씬 드물어진 것은 사실입니다. 지금은 그저 그것을 읽고 보고, 듣고 기억하기만 할 따름입니다. 그런데 왜 〈비난〉이라고 말할까요? 그게 환상이라면, 환상을 지우고 대신 진실을 들여놓은 재앙을 칭송해야 하지 않을까요? 진실을 말하자면…… 이 점들은 내가 진실을 찾느라 퍼넘으로 구부러지는 길을 놓친 지점을 표시합니다. 그렇습니다, 어느 게 진실이고 어느 게 착각일까요? 자문해 보았습니다. 예를 들어 이 집들은 해거름에 붉은 창들이 흐릿하면서도 축제라도 벌이는 듯 흥겨워 보이지만, 아침 9시에는 사탕 부스러기와 구두끈이 널브러져 흉하고 빨갛고 누추한데, 어느 쪽이 진실일까요? 또 버드나무와 강과 강변의 정원들은 지금 안개가 내려 어렴풋하지만, 햇빛 속에서는 금빛과 붉은 빛으로 빛나는데, 어느 쪽이 진실이고 어느 쪽이 착각일까요? 헤딩리로 가는 길에서 아무 결론도 나지 않았으므로, 왜곡되고 꼬여 있는 내 생각을 늘어놓지는 않으렵니다. 곧 길을 잘못 들었음을 깨닫고 퍼넘으로 되돌아갔다는 대목만 염두에 두시기 바랍니다.

이미 10월의 어느 날이라고 말했으니, 계절을 바꾸어

정원 담장에 드리워진 라일락이나 크로커스, 튤립, 그 밖의 다른 봄꽃들을 묘사해서 소설에 대한 여러분의 존경심을 빼앗거나 소설이라는 멋진 이름을 위태롭게 하면 안 되겠지요. 소설은 사실들을 견지해야 하고, 사실이 진실할수록 소설이 훌륭해진다고들 말하니까요. 그러니 여전히 가을이고, 여전히 노란 나뭇잎이 떨어지고 있습니다. 다른 점이 있다면 지금은 저녁이고(정확히 7시 23분), 바람이(정확히 말하면 남서풍이) 불어서 더 빨리 떨어졌다는 것이지요. 그런데 여전히 이상한 구석이 있었습니다.

내 심장은 물오른 어린 가지에 둥지를 튼
노래하는 새 같네.
내 심장은 가지에 무성한 과일이 달린
사과나무 같지.

아마 정원 담장 위로 라일락이 흔들리고 멧노랑나비들이 여기저기 날아다니고 꽃가루가 공중에 떠다닌다는 어리석은 환상은 ── 당연히 환상일밖에요 ── 크리스티나 로제티의 시구 때문이기도 했겠지요. 어디선지 모르게 바람이 불어와 반쯤 자란 잎들을 흩날려서 공중에 은회색 섬광이 번뜩였습니다. 색채들이 강렬함을 띠고, 창틀에서 보랏빛과 황금빛이 두근대는 심장 박동처럼 타오르는, 빛들 사이에 선 시간이었습니다. 무슨 이유인지 세계의 아름다움이 나타났다가 곧 사라지는 때(여기서 나는 정원으로 들어갔습니다. 한심하게도 문은 열려 있고 주위에 교구 직원이 한 명도 없는 듯했습니다), 곧 사라질 세계의 아름다움에는 양날이 있습니다. 하나는 웃음의 날, 하나는 심장을 갈기갈기 찢는 비통의 날입니다. 퍼넘의 정원들이 봄의 석양 속에서 내 앞에 거칠게 툭 트여 펼쳐져 있었습니다. 웃자란 풀숲에 수선화와 초롱꽃이 무심하게 내던져진 듯 여기저기 흩뿌려져 피어 있었습니다. 가장 예쁜 때도 아무렇게나 자랐을 터인데, 이제 바람이 불어 뿌리가 건들거렸습니다. 건물 창문은 붉은 벽돌로 된 큰 파도 속에 떠 있는 선박의 창문처럼 굴곡진 모양이었고, 급히 흐르는 봄 구름 떼 아래서 레몬색에서 은빛으로 변했습니다. 누군가 해먹에 있었습니다, 누군가가. 이 빛 속에서 반쯤은 보이고 반쯤은 추측해야 하는 유령들이 풀밭을 질주했고 — 누가 그녀를 막으려 할까요? — 바람이라도 쐬려는 듯 테라스에 구부정한 사람이 나왔습니다. 대단하지만 겸손한 사람, 당당한 이마에 소박한 옷을 입은 그녀는…… 혹시 유명한 학자일까요? 혹시 J-H[17] 그녀일 수도 있을까요? 사위가 컴컴했지만, 석양이 정원

17 울프가 존경한 영국의 고전학자이자 인류학자인 제인 해리슨Jane Harrison(1850~1928)을 말한다.

에 드리운 스카프를 별이나 칼이 갈기갈기 찢어 놓은 듯했습니다. 늘 그렇듯 봄의 심장에서 튀어나온 끔찍한 리얼리티의 섬광이었지요. 왜냐하면 젊음이란…….

여기 내 수프가 있었습니다. 만찬은 대형 식당에 준비되었습니다. 봄이 아니라 사실 10월의 저녁이었지요. 모두 넓은 식당에 모였습니다. 식사가 준비되었습니다. 여기 수프가 있었습니다. 간단한 쇠고기 국물이었지요. 안에는 공상을 불러일으킬 만한 것은 전혀 없었습니다. 멀건 국물 사이로 접시 문양을 볼 수도 있었을 겁니다. 그러나 문양은 없었지요. 접시가 단순했거든요. 다음으로 쇠고기에 채소와 감자가 곁들여져서 나왔습니다. 소박한 삼총사는 진흙탕 장터에 나온 소의 엉덩이, 끝이 누렇게 말린 싹양배추, 월요일 아침 흥정하고 값을 깎는 망태기를 멘 아낙들을 연상시켰습니다. 광부들은 그보다 제대로 먹지 못할 걸 생각하면 양이 넉넉하고 평범한 음식을 투정할 이유가 없었습니다. 이어서 자두와 커스터드가 나왔습니다. 커스터드가 좀 보완을 해주었지만 그래도 자두는 끔찍한 채소(과일이 아니지요)라고, 80년간 포도주도 난방도 없이 살면서 빈자에게 적선 한 번도 안 한 구두쇠의 심장처럼 뻣뻣하고 그 혈관을 흐를 것 같은 즙이 떨어진다고 불만을 품는다면, 그 자두라도 반길 사람들이 있다는 것을 기억해야 합니다. 다음에 비스킷과 치즈가 나왔고, 본디 메마르다는 비스킷의 특성을 고스란히 지닌 비스킷이었기에 물병이 자주 건네졌습니다. 그게 다였습니다. 식사가 끝났습니다. 모두 끽 소리가 나게 의자를 밀었고, 여닫이문이 사정없이 열렸다 닫혔습니다. 곧 식당에서 음식이 싹 치워지고, 이튿날의 조식 준비를 했습니다. 영국 젊은이들은 떠들고 노래하면서 복도 아래쪽과 계단 위로 갔습니다. 손님이, 혹은 타인이(내가 여기 퍼넘에서 트리니티, 소머빌, 거턴, 뉴넘, 크라이스트처치 칼리지에서보다 더 큰 권리를 갖는 건 아니니까요) 〈만찬이 별로였네요〉라거나 (지금 메리 시턴과 내가 그녀의 거실에 있으니) 〈여기서 우리 둘이서만 식사할 순 없었을까요〉라고 말할 수 있었을까요? 그런 말을 했다면 외부인들의 눈에는 활기차고 당당해 보이는 칼리지의 은밀한 경제 형편을 캐고 염탐하는 것이 될 텐데도? 아니, 그런 말은 벙긋도 할 수 없었습니다. 사실 잠시 대화가 시들해졌습니다. 백만 년이 지나도 인체는 심장, 몸, 뇌가 제각각인 게 아니라 지금처럼 뭉쳐 있을 것이기에, 훌륭한 식사는 훌륭한 대화에 대단히 중요합니다. 잘 먹지 않으면 제대로 생각하고 사랑하고 자지 못합니다. 쇠고기와 자두로는 척추의 등불이 켜지지 않습니다. 우리 모두 **아마도** 천국에 갈 것이고, **바라건대** 다음 모퉁이를 돌면 반다이크를 만나겠지요. 일과를 끝내고 쇠고기와 자두를 먹으면 그런 의심스럽고 제한적인 정신 상태가 됩니다. 다행히 여기서 과학을 가르치는 내 친구의 찬장에 작은 술병과 잔들이 있어서 — (애초에 가자미와 자고새로 시작했으면 더 좋았겠지만) — 우리는 벽난로에 다가앉아서 하루의 삶에서 얻은 상처를 일부나마 토닥일 수 있었습니다. 1분쯤 지나자 우리는 궁금증과 관심을 불러일으키는 온갖 화제들을 자유롭게 드나들었습니다. 어떤 사람이 자리에 없을 때 떠올랐다가 다시 한자리에 있게 되면 자연스럽게 논의되는 화제들 말이지요. 누가 결혼하고 누가 안 했다는 둥, 누구는 이런 생각을 하고 누구는 저런 생각을 한다는 둥, 누구는 지식으로 발전하고 누구는 놀랍게 실패한다는 둥. 거기서 시작해 자연스럽게 도출되는 인간 본성과 우리가 사는 놀라운 세계의 특징에 대한 온갖 사유들을 나누었지요. 하지만 이런 이야기들을 나누면서 나는 부끄럽게도, 저절로 흘러들어와 모든 것을 끝까지 밀고 가는 어떤 기류를 의식하게 되었습니다. 스페인이나 포르투갈, 책이나 경마에 대해 말하지만, 진짜 관심은 그런 게 아니라 5세기 전 석공이 높은 지붕에 있는 광경이었습니다. 왕들과 귀족들이 큰 부대에 담긴 보석을 가져와서 땅 밑에 쏟았습니다. 이 장면이 내 마음속에서 계속 살아나, 말라빠진 소들, 흙탕길 장터, 시든 풀밭, 노인들의 연약한 심장 옆에 자리 잡았습니다. 이 무관한 별개의 두 그림이 어처구니없지만 계속 엉겨 서로 다투며 나를 완전히 휘어잡았습니다. 이야기를 딴 데로 빠지지 않게 하려면 마음속에 있는 것을 공중에 드러내 보이는 게 최선이었고, 운이 따르면 그것은 윈저궁에서 관을 열었을 때의 죽은 왕의 머리처럼 희미해지고 바스러지겠지요. 그래서 간단히 미스 시턴에게 오래전 교회의 지붕에 있던 석공들과 왕과 왕비 들이 금은 주머니를 어깨에 지고 와서 땅속에 퍼부은 이야기를 했습니다. 그러다 우리 시대의 부호들이 와서 과거에 보화와 금괴들을 쏟았던 자리에 수표와 증서를 내려놓는다고 말했습니다. 그 모든 재물이 칼리지들 밑에 있지만, 우리가 지금 앉아 있는 이 칼리지, 쾌활한 붉은 벽돌과 마구 자란 정원 잔디밭 밑에는 뭐가 있을까요? 우리가 식사한 소박한 그릇 뒤에는, 그리고 (여기서 삼가지 못하고 말이 입 밖으로 나와 버렸습니다) 쇠고기며 커스터드와 자두 뒤에는 어떤 힘이 있을까요?

메리 시턴은 말했습니다. 음, 1860년에, 하지만 당신도 아는 이야기잖아요. 메리는 반복하기 지루하다는 듯 말을 이었습니다. 방들을 임대하고 위원회가 모였지요. 서신을 발송했고요. 안내장을 작성했습니다. 회의가 열리고 서신들이 낭독되었습니다. 누구누구가 얼마를 약정했고, 반대로 모 씨는 한 푼도 내놓지 않았지요. 『새터데이 리뷰』는 무척 무례했습니다. 우리가 어떻게 사무실의 운용 자금을 모금할 수 있겠습니까? 바자회를 열어야 할까요? 맨 앞줄에 앉힐 예쁘장한 소녀를 찾을 수 없을까요? 이것과 관련해 존 스튜어트 밀이 뭐라고 말했는지 찾아봅시다. 누가 모 지 편집자를 설득해 인쇄할 수 있을까요? 모 귀부인을 서명하게 할 수 있을까요? 그 귀부인은 시내에 계시지 않는데요. 아마 60년 전에 일이 이런 식으로 진행되었을 테고, 막대한 노력과 엄청난 시간이 들었지요. 그래서 지난한 분투와 극적인 어려움을 겪은 끝에 총 3만 파운드를 모금했습니다.[18] 그러니 우리가 포도주와 자고새 고기를 먹을 수 없고, 주석 쟁반을 머리 위로 든 하인들도 두지 못하는 거지요. 그녀는 말했습니다. 우린 소파와 별도의 방도 갖지 못해요. 〈편의 시설들은 미룰 수밖에 없어요.〉 그녀는 어떤 책에서 인용하면서 말했습니다.[19]

그 모든 여성들이 오랜 세월 일하고도 2천 파운드를 벌기가 어렵고 3만 파운드를 모으기 위해 온갖 일을 다 해

18 〈최소 3만 파운드를 요구해야 된다고 합니다. (……) 영국, 아일랜드, 식민지들을 통틀어 이런 종류의 칼리지는 유일하고, 남자 학교들이 거액을 쉽게 모금하는 점을 고려할 때 거액은 아닙니다. 하지만 여성들이 교육받기를 진정으로 바라는 사람들이 없다시피 한 점을 고려하면 상당한 액수지요.〉 레이디 스티븐, 『에밀리 데이비스와 거턴 칼리지』 — 원주.
19 〈긁어모은 돈은 건물을 위해 떼어 두었고, 편의 시설들은 미룰 수밖에 없었다.〉 R. 스트레이치, 『대의』 — 원주.

야만 했다는 생각이 들자, 우리는 여성의 지독한 빈곤에 분통을 터뜨렸습니다. 어머니들은 우리에게 부를 남겨 주지 못하고 뭘 했을까요? 코에 분칠을 했을까요? 가게 진열창을 들여다봤을까요? 몬테카를로에서 햇살을 즐겼을까요? 벽난로 선반에 사진 몇 장이 있었습니다. 그게 그녀의 사진이라면, 메리의 어머니는 여가 시간을 사치스럽게 보냈을지는 몰라도(그녀는 목회자인 남편과의 사이에 열세 남매를 두었습니다), 즐겁고 분방한 삶이 얼굴에 쾌락의 흔적을 남기지 않았더군요. 모직 숄을 큼직한 카메오 브로치로 여민 노부인이었고, 등가구 의자에 앉아 스패니얼에게 카메라를 보게 하고 있었습니다. 카메라 플래시 전구가 터지면 개가 곧장 달려들 걸 아는 사람의, 재미있지만 긴장한 표정이었지요. 자, 그녀가 사업을 했었더라면, 인조 실크의 제조업자거나 주식 시장의 거물이었다면, 퍼넘에 30만 파운드를 기부했더라면, 우린 오늘 밤 느긋하게 앉아서 고고학, 식물학, 인류학, 물리학, 원자의 성질, 수학, 천문학, 상대성, 지리학을 논했을 겁니다. 시턴 부인과 그 어머니, 그 어머니의 어머니가 돈을 버는 대단한 기술을 배워서 부친과 조부들처럼 같은 성별 사람들이 전유하는 연구비, 강의료, 상, 장학금을 설립했다면, 여기서 우리끼리 새고기와 포도주를 마시면서 제법 괜찮은 식사를 했겠지요. 후한 대우를 받는 직업들 중 하나의 거처에서 쾌적하고 명예로운 삶을 영위하리라 자신 있게 기대했을 겁니다. 탐구하거나 글을 집필할 테고, 지상의 유명한 곳들에서 시간을 보냈을 겁니다. 파르테논 신전 계단에 앉아 사색을 하거나, 사무실에 10시에 출근해 4시 30분에 편안하게 퇴근해서 가벼운 시를 쓰겠지요. 다만 시턴 부인 같은 분이 15세에 사업에 투신했다면 메리는 세상에 없었을 겁니다. 그게 토론 중 뜻밖의 걸림돌이었지요. 나는 메리에게 그 점을 어떻게 생각하는지 물었습니다. 커튼 사이로 차분하고 아름다운 10월의 밤이 보였고, 단풍 든 나무들 사이로 별 한두 개가 반짝였습니다. 메리는 스코틀랜드에서 게임을 하고 투닥거린 기억들(대가족이지만 행복한 가족이었습니다)을 포기할 수 있을까요? 스코틀랜드의 상쾌한 공기와 고급 케이크를 질릴 줄 모르고 칭찬해 온 그녀가, 펜을 한 번 휘갈겨 퍼넘에 5만 파운드쯤 기부할 수 있도록 그 기억들을 포기할까요? 칼리지에 돈을 기부하기 위해서는 가족의 수를 억제할 수밖에 없을 테니까요. 큰돈을 벌면서 열세 명을 낳는 것은 인간이 감당할 수 없는 일이지요. 우리는 현실을 따져 보자고 말했습니다. 먼저 아기를 낳기 전 9개월이 있습니다. 그러면 아기가 태어납니다. 그런 다음 수유에 3~4개월이 소요됩니다. 수유 후에는 5년 정도 아기와 놀아 주며 보냅니다. 아이들이 거리에서 뛰어다니게 방

치할 수는 없겠지요. 러시아에서 마구 뛰는 아이들을 본 적이 있는 이들은, 그게 유쾌하지 않은 광경이라고 말합니다. 또 한 살에서 다섯 살 사이에 인격이 형성된다는 말들도 합니다. 내가 말했습니다. 시턴 부인이 돈을 벌었다면, 당신은 게임과 투닥거림에 대한 어떤 추억을 가졌을까요? 스코틀랜드와 그곳의 상쾌한 공기와 케이크와 모든 것들에 대해 뭘 알았을까요? 하지만 물어보나 마나 한 질문이지요. 당신은 존재하지도 않았을 테니까요. 더욱이 시턴 부인과 그 어머니, 그 어머니의 어머니가 큰 재산을 모아 칼리지와 도서관의 토대 밑에 넣었다면 어떤 일이 생겼을까 하는 질문 역시 쓸모없는 일입니다. 우선 그들이 돈을 버는 게 불가능했고, 둘째로 그게 가능했다고 해도 그들이 번 돈을 소유할 권리를 법이 허용치 않았으니까요. 시턴 부인이 잔돈푼이나마 자기 돈을 갖게 된 것은 48년밖에 안 됩니다. 이전의 장구한 세월 동안 돈은 남편의 소유였을 겁니다. 아마 시턴 부인과 그 어머니들이 증권 거래소에 얼씬하지 않은 데는 그런 이유도 있겠지요. 그들은 이렇게 말했을 겁니다. 돈을 버는 족족 내 수중에서 나가 남편의 뜻대로 쓰이겠지. 발리올이나 킹스 칼리지의 장학 기금을 만들거나 연구비를 기부하는 데 말이야. 그러니 내가 돈을 벌 수 있다 한들 돈벌이는 내 큰 관심사가 아니야. 남편한테 맡기는 편이 더 나아.

아무튼 스패니얼을 바라보는 노부인의 잘못이든 아니든, 이런저런 이유로 어머니들이 일을 잘못 처리했음은 의심할 나위가 없습니다. ⟨편의 시설들⟩, 즉 자고새 고기와 포도주, 교구 직원과 잔디밭, 도서와 시가, 도서관과 여가에 쓸 돈을 한 푼도 마련하지 못했으니까요. 휑한 대지에 휑한 벽을 세우는 게 그들이 할 수 있는 최선이었지요.

그래서 우린 창가에 서서 대화하며, 매일 밤 수천 명이 그러하듯 저 아래 유명한 도시의 돔 지붕들과 첨탑들을 내려다보았습니다. 가을 달빛 속에서 정말 아름답고 신비로웠지요. 고풍스러운 돌은 아주 희고 권위 있게 보였습니다. 거기 보관된 모든 장서들, 나무 패널 장식이 된 방에 걸린 늙은 고위 성직자와 인사 들의 사진들, 묘한 원과 초승달 모양을 인도에 드리우는 색유리, 분수와 잔디밭, 고요한 안뜰이 내려다보이는 조용한 방들을 생각했습니다. 또 (이런 생각을 양해하시길) 고급 담배와 술, 푹신한 안락의자, 쾌적한 카펫을 생각했습니다. 호사와 프라이버시와 공간이 주는 세련미와 온화함과 품위에 대해 생각했습니다. 확실히 어머니들은 이 모든 것과 견줄 만한 것을 하나도 우리에게 제공해 주지 않았습니다. 어머니들은 3만 파운드를 긁어모으기도 어려웠지요. 어머니들은 세인트앤드루스[20]에서 목회자 남편에게 열세 남매

20 스코틀랜드의 도시.

를 낳아 주었습니다.

그래서 나는 숙소로 돌아갔고, 어두운 거리를 걸으면서 일과를 마치고 흔히 그러듯 이런저런 생각에 잠겼습니다. 왜 시턴 부인이 우리에게 남길 돈이 없었는지, 가난이 정신에 어떤 영향을 주며, 부(富)는 정신에 어떤 영향을 주는지. 또 아침에 본 어깨에 모피 장식을 걸친 이상한 노신사들을 생각했고, 누가 신호를 보내면 그들 중 하나가 달려온다는 걸 떠올렸습니다. 예배당에서 울리는 오르간 소리와 도서관의 닫힌 문, 문이 잠겨 있어서 들어갈 수 없는 불쾌감과 문이 잠겨 있어서 나오지 못하는 더 큰 불쾌감을 생각했습니다. 한쪽 성별의 안정과 유복함, 다른 성별의 궁핍과 불안정을, 작가 정신에 전통이 주는 영향과 전통의 결핍이 주는 영향을 생각했습니다. 마침내 논의, 인상, 분개, 웃음이 얼룩진 하루의 구겨진 껍데기를 둘둘 말아 울타리 너머로 던질 때라고 생각했습니다. 무수한 별이 시퍼런 창공에서 반짝거렸습니다. 헤아릴 길 없는 사회에서 달랑 혼자인 것 같았습니다. 모든 인간이 잠들었습니다. 엎드려서, 바로 누워서, 멍하니. 옥스브리지 거리에 아무 인기척도 없는 듯했습니다. 호텔 문마저 보이지 않는 손에 의해 열렸습니다. 깨어 있다가 방까지 가는 동안 내게 불빛을 비춰 주는 사환 한 명 없었지요. 밤이 무척 깊었습니다.

2

　나를 계속 따라와 달라고 청해도 된다면, 이제 장면이
바뀌었습니다. 여전히 낙엽이 떨어지지만 여기는 옥스브
리지가 아니라 런던이고, 여러분에게 어떤 방을 상상해
달라고 요청해야겠습니다. 수많은 방들처럼 창문이 있고,
창 너머로 사람들의 모자, 화물차, 자동차를 가로질러 맞
은편 집 창문들이 보이는 방입니다. 방 안의 책상에 백지
한 장이 있고, 큼직하게 〈여성과 소설〉이라고만 달랑 적
혀 있습니다. 옥스브리지에서 오찬과 만찬을 했으니, 이
뒤는 안타깝지만 대영 박물관 방문으로 이어져야 합니다.
받은 인상들에서 사적인 것과 우연을 정리해 순수한 액
체, 즉 진실의 정수에 이르러야 했습니다. 그 옥스브리지
방문과 오찬과 만찬이 질문들을 끌어내기 시작했기 때문
이지요. 왜 남성들은 포도주를 마시는데 여성들은 물을
마실까? 왜 남성들은 그렇게 부유한데 여성들은 그렇게
궁핍한가? 빈곤은 소설에 어떤 영향을 미치는가? 예술 작

품을 만들어 내려면 어떤 조건들이 필요한가? 무수한 질문이 한꺼번에 몰려들었습니다. 하지만 필요한 것은 질문이 아니라 답이었고, 지식이 있고 공정한 사람들에게서만 답을 구할 수 있을 것이었습니다. 그들은 언어의 갈등과 육체의 혼란을 벗어 버리고, 사유와 연구 결과를 대영 박물관에 소장된 책들에 담았습니다. 나는 수첩과 연필을 챙기면서 자문했습니다. 진리가 대영 박물관의 서가에 없다면 어디 있겠어?

그렇게 준비해서 자신감과 질문을 안고 진리 탐색에 나섰습니다. 그날은 비가 오지 않았지만 우중충했고, 박물관 인근 거리마다 열린 지하 석탄고 문으로 석탄 부대들이 내려가고 있었습니다. 사륜마차가 다가와서 인도에 끈으로 맨 상자들을 내려놓았습니다. 아마 상자에는 돈이나 피난처나 겨울에 블룸즈버리 하숙집에서 안락함을 찾는 스위스인 또는 이탈리아인 가족의 옷가지가 담겼겠지요. 목이 쉰 평범한 사내들이 농작물을 실은 수레를 밀고 거리를 지나갔습니다. 어떤 소리는 고함이었고, 어떤 소리는 노래 가락이었지요. 런던은 공장 같았습니다. 런던은 기계 같았습니다. 이 단순한 바탕에서 모두 앞뒤로 움직이며 문양을 엮어 갔지요. 대영 박물관도 그 공장의 한 부서였습니다. 회전문이 열렸고, 거대한 돔 지붕 아래 한 사람이 서 있었습니다. 나 자신이 마치 일단의 유명한 이름들이 화려하게 둘러싸인 큰 대머리에 담긴 한 가지 생각처럼 느껴지더군요.[21] 안내석으로 가서 종이 한 장을 꺼내고 목록을 펼쳤습니다. 그리고····· 이 점 다섯 개는 마비되고 놀라고 당황한 1분씩 5분을 뜻합니다. 1년에 여성에 대한 책이 몇 권이나 집필되는지 아십니까? 남성 필자의 책이 몇 권이나 되는지 아십니까? 아마도 여러분이 우주에서 가장 많이 논의된 동물이리라는 걸 아시나요? 오전 나절이면 수첩에 진리를 옮겨 적을 수 있으리라 예상하고 수첩과 연필을 들고 여기 왔습니다. 그런데 이것들을 다 읽으려면 코끼리 무리와 거미 떼가 필요하겠다는 생각이 들더군요. 각각 오래 사는 것과 눈이 많은 것으로 유명한 동물이죠. 겉핥기만 하려고 해도 강철 손톱과 황동 부리가 필요할 지경이었습니다. 어떻게 하면 이 종이 뭉치에 각인된 진리의 알갱이들을 찾을까? 자문하면서 책 제목들이 나온 긴 목록을 필사적으로 훑어보기 시작했습니다. 성(性)과 그 본질은 의사와 생물학자들의 관심을 끌 테지만, 놀랍고도 설명하기 어려운 것은 그 성이, 말하자면 여성이 에세이 작가들, 손재주 있는 소설가들, 석사 학위를 받은 젊은 남성들, 학위가 없는 남성들, 여성이 아니라는 점 외에는 딱히 아무 자격도 없는 남

21 대영 박물관에 있는 도서관에는 유명한 문인들의 이름이 돔 내부에 띠처럼 둘러져 있다.

성들의 관심을 끈다는 사실이었습니다. 이런 도서들의 일부는 언뜻 봐도 경박하고 익살맞았지만, 진지하고 예언적이며 도덕적이고 무언가를 조언하는 책도 많았습니다. 제목만 봐도 수많은 교사들, 수많은 성직자들이 교단과 강대상에 올라 이 주제에 대해 할애된 강연 시간을 훌쩍 넘겨 일장 연설을 하리라 예상되었습니다. 이것은 가장 기이한 현상이었고, 남성에 국한된 현상이었습니다. 이즈음 나는 M[22]을 찾아봤거든요. 여성들은 남성에 대한 책을 쓰지 않습니다. 안심하며 반길 수 없는 사실이었지요. 먼저 남성들이 여성에 대해 쓴 책들을 읽고 나서 여성들이 남성에 대해 쓴 책들을 읽어야 한다면, 1백 년에 한 번 꽃을 피우는 알로에가 두 번은 피어야 내가 펜으로 종이에 쓸 수 있을 테니까요. 그래서 열두어 권쯤 임의로 선택해 대출 신청서를 철망 쟁반에 올려놓고, 진리의 정유를 찾으려는 이들 속에서 자리에 앉아 기다렸습니다.

그러면 이 묘한 격차의 이유는 무엇일지 궁리하면서, 영국 납세자들이 다른 목적에 쓰도록 제공한 종이 위에 수레바퀴를 그렸습니다. 이 목록으로 판단컨대, 어째선지 여성들이 남성에게 갖는 관심보다 남성들이 여성에게 갖는 관심이 훨씬 컸지요. 참으로 묘한 사실 같아서, 여성에 대한 책을 쓰는 데 시간을 할애하는 남성들의 생활을

22 Male(남성)의 머리글자.

그려 보았습니다. 그들이 늙을지 젊을지, 기혼일지 미혼일지, 빨간 코일지 곱사등일지. 아무튼 상대가 장애인이나 병자만 아니면 그런 관심의 대상이 된 게 은근히 흐뭇하기도 했지요. 그런 경박한 생각들은 결국 내 앞 책상에 책들이 와르르 쏟아지면서 끝났습니다. 이제 괴로움이 시작됐습니다. 옥스브리지에서 연구 교육을 받은 학생은 분명히 온갖 잡념들을 지나서 질문을 몰고 갈 방도가 있겠지요. 양 떼가 우리로 우르르 들어가듯 말입니다. 예컨대 내 옆에서 과학 자료를 부지런히 베끼는 학생은 10분에 하나씩 순금 원석을 캐내고 있는 게 확실했습니다. 만족에 겨운 툴툴대는 소리가 그걸 알려 주었지요. 하지만 아쉽게도 대학에서 교육받지 못한 사람은 질문을 우리로 몰기는 고사하고, 사냥개 무리에게 쫓기는 겁먹은 새들처럼 이리저리 허둥지둥 날아다니게 만들 뿐입니다. 교수, 교사, 사회학자, 성직자, 소설가, 수필가, 저널리스트, 그리고 여성이 아니라는 점 외에는 아무 자격도 없는 남성들이 〈왜 어떤 여성들은 빈곤한가?〉라는 내 단순한 한 가지 질문을 쫓아 버렸고, 결국 이것은 50개의 질문이 되었습니다. 결국 50개의 질문이 강 한가운데로 미친 듯이 뛰어들어 휩쓸려 갔습니다. 수첩의 각 페이지에 메모를 휘갈겼습니다. 내 정신 상태를 보여 주기 위해 몇 페이지 읽어 보지요. 페이지 위에 간단히 〈여성과 빈곤〉이라고 정자체로 적혀 있고, 내용은 다음과 같았습니다.

중세 시대의 ……의 상황
피지섬에서 ……의 관습
……에게 여신으로 숭배받은
……보다 도덕관념이 약한
……의 이상주의
……보다 더 양심적인
남태평양 제도 주민 중 ……의 사춘기 연령
……의 매력
……에게 제물로 바쳐진
……의 작은 뇌
……의 더 깊은 잠재의식
……의 체모가 더 적은
……의 정신적·도덕적·육체적 열등성
……의 자식 사랑
……의 더 긴 수명
……의 더 약한 근육
……의 애정의 힘
……의 허영
……의 고등 교육
……에 대한 셰익스피어의 견해

……에 대한 버컨헤드 경의 견해

……에 대한 잉 주임 사제의 견해

……에 대한 라 브뤼예르의 견해

……에 대한 존슨 박사의 견해

……에 대한 오스카 브라우닝의 견해

이 대목에서 나는 숨을 쉬고 여백에 덧붙였습니다. 왜 새뮤얼 버틀러는 〈현명한 남자들은 여자들을 어떻게 생각하는지 말하지 않는다〉라고 말할까요? 현명한 남자들은 바로 그것 외에 다른 말은 안 하는 게 분명한데요. 나는 의자에 등을 기댄 채 거대한 돔 천장을 바라보며 생각을 계속했습니다. 그 공간에서 나는 처음에는 하나의 단일한 생각으로 존재했지만, 이제는 너덜너덜해진 생각이 되고 말았지요. 정말 안타까운 것은, 현명한 남자들이 여성에 대해 각기 다른 생각을 한다는 점입니다. 포프는 말합니다.

대부분의 여자들은 개성이 없다.

그리고 라 브뤼예르는 이렇게 말하죠.

여자들은 극단적이며,

남자들보다 우수하거나 또는 저열하다.

동시대를 산 예리한 관찰자들의 정반대 견해입니다. 여성에겐 교육받을 능력이 있을까요, 없을까요? 나폴레옹은 능력이 없다고 생각했습니다. 존슨 박사[23]는 반대로 생각했습니다.[24] 여성은 영혼을 가졌을까요, 아닐까요? 어떤 야만족은 아니라고 말합니다. 반대로 다른 이들은 여성이 반쯤 신성하다고 주장하면서, 그런 이유로 숭배합니다.[25] 어떤 현자들은 여성의 뇌가 더 깊이가 없다고 주장하고, 다른 이들은 의식이 더 깊다고 주장합니다. 괴테는 여성을 찬미했고, 무솔리니는 여성을 경멸했습니다. 어디를 처다보든 남성들은 여성에 대해 생각하고 각자 다르게 생각했습니다. 내 수첩에는 휘갈겨 쓴 모순되는 메모가 넘쳐났습니다. 옆 학생이 자주 A, B, C를 붙여 가며 말끔히 요약하는 것을 부럽게 흘끔대면서, 이래서는

23 Samuel Johnson(1709~1784). 영국의 문학가, 비평가, 사전 편찬자.
24 〈「남자들은 여자들이 강적임을 알기에 가장 약하거나 무지한 여인을 선택한다. 남자들이 그렇게 생각하지 않는다면 자신들 못지않게 많이 아는 여자들을 두려워할 리 없다.」(……) 이어지는 대화에서 존슨 박사는 자신이 이 말을 아주 진지하게 한 것이라고 밝혔다. 성의 문제에 대해 공정하려면, 이를 인정하는 것이 진솔하다고 생각한다.〉 보즈웰, 『헤브리디스 여행 일기』 — 원주.
25 〈고대 게르만족은 여성들에게 신성이 있다고 믿었고, 따라서 신탁으로서 조언을 구했다.〉 프레이저, 『황금 가지』 — 원주.

종잡을 수가 없다는 결론을 내렸습니다. 심란하고 곤혹스럽고 창피했습니다. 진리가 내 손가락 사이로 빠져나가 버렸습니다. 모든 방울이 달아나 버렸습니다.

집에 돌아오니, 여성이 남성보다 체모가 적다거나 남태평양 주민들의 사춘기 연령이 아홉 살—아니 아흔 살인가? 글씨를 영 알아보기 힘들어서—이라는 점을 여성과 소설에 대한 진지한 연구에 덧붙일 순 없다는 생각이 들었습니다. 오전 내내 애쓰고도 이렇다 할 중요하거나 그럼직한 내용이 없다니 창피했지요. W(여성을 간단히 이렇게 부르게 되었습니다)에 대한 과거의 진실을 알 수 없다면, W에 대한 미래의 진실이 무슨 소용이 있을까요? 여성과 여성이 미치는 영향—정치, 자녀, 봉급, 도덕성 등 뭐가 됐든—에 대해 전공하는 그 신사들이 다수이고 지식이 풍부하긴 해도, 그들에게 조언을 구하는 것은 시간 낭비로 여겨졌습니다. 남성 필자들의 책은 펼치지 않는 편이 낫겠더군요.

궁리를 하면서 맥없이, 간절한 마음에 무의식적으로 그림을 그리고 있었습니다. 옆자리 학생처럼 결론을 적어야 할 자리에 말이지요. 나는 하나의 얼굴, 하나의 형상을 그리고 있었지요. 〈여성의 정신적·도덕적·육체적 열등성〉이라는 제목으로 걸작 집필에 몰두한 X 교수의 얼굴과 형상이었습니다. 내 그림 속의 그는 여성들에게 매력적인 남성이 아니었습니다. 거구에 턱살이 늘어진 데다, 그에 어울리게 눈이 아주 작고 얼굴이 벌겠습니다. 표정으로 볼 때, 글을 쓰면서 해충이라도 죽이려는 듯이 종이에 펜을 꾹꾹 누르게 하는 감정에 빠져 허우적대고 있는 듯 보였습니다. 하지만 벌레를 죽이고도 성에 차지 않아 계속 죽여야 했고, 그래도 분노와 짜증의 이유가 가시지 않았지요. 내 그림을 바라보면서, 나는 그것이 아내 때문일 수도 있을까 자문했습니다. 그녀가 기병대 장교와 사랑에라도 빠졌나? 기병대 장교는 날씬하고, 기품 있고, 아스트라한[26]을 빼입었고? 프로이트 학설이 말하듯 교수는 요람에서 예쁜 소녀에게 놀림받았나? 요람에 있을 때조차 그가 매력적인 아이였을 리 없다는 생각이 들더군요. 연유가 뭐든 내 스케치에서 여성의 정신적·도덕적·육체적 열등성을 다룬 걸작을 쓰는 그 교수는 무척 분노해 있고 추한 모습이었습니다. 아침의 헛수고를 그림으로 마무리하다니 나태했지요. 하지만 나태 속, 꿈속에서 때로 가라앉은 진리가 수면 위로 올라오곤 합니다. 심리분석가의 이름을 댈 필요 없이 지극히 기초적인 심리학을 적용해도, 수첩을 쳐다보니 알겠더군요. 내가 분노에 차서 그 분노한 교수를 그렸다는 것을. 내가 꿈꾸는 사이

26 러시아 볼가 지역에서 나는 검은 새끼 양의 털로 만든 모피나 직물.

분노가 연필을 낚아챘던 겁니다. 그런데 분노는 거기 어쩐 일이었을까요? 관심, 혼동, 재미, 권태. 아침나절에 연달아 나타난 그 모든 감정을 따져 보고 파악할 수 있었습니다. 그 사이에 검은 뱀이, 분노가 숨어 있었던 걸까요? 맞다고, 분노가 숨어 있었다고 스케치가 말했습니다. 그 그림은 그 악마를 불러낸 책을, 구절을 명확하게 내게 제시했고, 그것은 여성의 정신적·도덕적·육체적 열등성에 대한 그 교수의 주장이었지요. 심장이 벌렁거렸습니다. 뺨이 달아올랐고요. 나는 분노에 휩싸였습니다. 어리석을지는 몰라도 특별할 만한 일은 아니었습니다. 씨근대고 기성품 타이를 매고 2주간 면도를 안 한 왜소한 남자 — 난 옆의 학생을 보았습니다 — 보다도 천성적으로 열등하다는 말을 듣고서 누가 기분이 좋겠습니까. 우매한 허영심을 가진 건 맞습니다. 난 그건 인간의 본성일 뿐이라고 생각하면서, 성난 교수의 얼굴 위에 바퀴와 원 들을 그리기 시작했습니다. 결국 그는 불타는 잡목림이나 이글대는 혜성, 아무튼 인간의 외모나 상징성이 없는 허깨비 같아졌지요. 교수는 햄스테드히스[27] 정상에서 타고 있는 쭉정이에 불과했습니다. 곧 내 분노가 납득되고 잦아들었지만, 호기심은 남았습니다. 교수들의 분노를 어떻게 설명해야 할까요? 왜 그들은 분개할까요? 이런 책들이

27 런던 인근 고지대의 공원.

주는 인상을 분석하면 늘 열띤 기운이 있었거든요. 이 열기는 여러 형태를 띠어서 풍자에서, 감정에서, 호기심에서, 질책에서 그 모습을 드러냈습니다. 그런데 다른 요소가 있었고, 이것은 자주 나타나고, 즉각적으로 구분되지 않았습니다. 나는 그것을 〈분노〉라고 불렀습니다. 분노는 바닥 속으로 사라져서 온갖 다른 감정과 뒤섞였습니다. 그것의 묘한 영향력으로 판단컨대, 단순하고 노골적인 분노가 아니라 변장해 있고 복잡한 분노였습니다.

나는 책상에 쌓인 책 더미를 훑어보면서, 이유가 뭐든 내 목적에는 쓸모가 없다고 생각했습니다. 말하자면 이 책들은 인간적으로는 지침, 관심, 권태, 피지섬 주민들의 습관에 대한 이상한 사실들이 넘쳐날지 몰라도, 과학적으로는 가치가 없었습니다. 진실한 백색등이 아니라 감정적인 홍등 아래서 쓰인 저작들이었습니다. 따라서 이 책들은 중앙 안내석에 반납되어 거대한 벌집 속 제자리를 찾아가야 마땅했습니다. 내가 그날 아침의 수고에서 얻은 것은 분노라는 한 가지 사실뿐이었습니다. 교수들은 ― 그래서 대충 뭉뚱그려 부르기로 합니다 ― 분노하고 있었습니다. 그런데 왜? 나는 책들을 반납하면서 자문했습니다. 주랑 아래서, 비둘기 떼와 선사 시대 카누들 사이에 서서 다시 물었습니다. 그들은 왜 분노할까? 이런 질문을 던지면서 점심 먹을 곳을 찾아 나섰습니다. 일단 내가 분노라 칭한 것의 본질은 뭘까? 나는 물었습니다. 이것은 대영 박물관 인근의 작은 식당에서 음식을 먹는 시간까지 바쳐야 할 퍼즐이었습니다. 식당에 다녀간 손님이 석간신문의 초판을 의자에 놓고 갔기에, 나는 음식을 기다리면서 헤드라인을 느긋하게 읽기 시작했습니다. 앞면에 아주 큰 글자가 쭉 펼쳐져 있었습니다. 누군가 남아프리카에서 크게 한 건 했습니다. 작은 문구는 오스틴 체임벌린 경이 제네바에 있다고 고지했습니다. 인모가 묻은 고기용 식칼이 지하실에서 발견되었습니다. 모 판사가 이혼 법정에서 여성들의 파렴치함에 대해 언급했더군요. 신문에 다른 뉴스들이 다닥다닥 적혀 있었습니다. 어떤 여배우는 캘리포니아의 산 정상에서 공중에 대롱대롱 매달려 있었습니다. 안개가 낄 거라는 일기 예보도 있었습니다. 이 별에 잠깐 다녀가는 방문객이라 할지라도 이 신문을 집는다면, 이 낱낱의 증언에서 영국이 가부장제하에 있음을 간파하리라는 생각이 들었습니다. 제정신인 사람이라면 교수의 지배력을 감지하지 않을 수가 없었습니다. 그는 권력과 돈과 영향력을 지배했습니다. 그는 신문의 사주이자 편집장이고 부주필이었습니다. 그는 외무 장관이고 판사였습니다. 그는 크리켓 선수였고 경마장과 요트를 소유했습니다. 그는 주주들에게 배당금 2백 퍼센트를 지불하는 회사의 이사였습니다. 그는 수백만 파운드를 자신이 지배하는 자선 단체와 칼리지 들에 기부했습니다. 그는 여배우를 허공에 매달았습니다. 고기용 식칼에 묻은 털이 인모인지 그가 결정할 것이고, 살해범에게 무죄를 선고하거나 유죄를 선고해서 교수형에 처하거나 석방하는 것도 그 사람일 겁니다. 안개를 제외하면 그는 모든 것을 통제하는 듯했습니다. 그런데도 그는 분노하고 있었습니다. 이런 징조로 난 그가 화났다는 걸 알았습니다. 그가 여성에 대해 쓴 글을 읽으면서, 나는 그가 하는 이야기가 아닌 그 자신에 대해 생각했습니다. 논객이 감정에 휘둘리지 않고 논지를 펼칠 때는 주장만 생각할 테고, 독자 역시 그 주장에 대해 생각하지 않을 수 없습니다. 그가 여성에 대해 감정에 치우치지 않고 저술했다면, 명백한 증거들을 이용해 논지를 세우고 특정 결과를 바라는 의도를 비치지 않았다면, 나 역시 분개하지 않았을 겁니다. 나는 그 사실을 인정했을 겁니다. 완두콩이 초록색이라거나 카나리아가 노란색이라는 사실을 인정하듯이 말입니다. 〈그렇군요〉라고 말했을 겁니다. 내가 분노한 것은 그가 분노했기 때문입니다. 나는 석간신문을 넘기면서 생각했습니다. 이 모든 권력을 쥔 남성이 화를 내다니 어처구니없는 것 같다고요. 혹시 분노가 권력과 친하고 부수적인 요정인지 궁금했습니다. 예를 들면 부자들이 자주 분노하는 것은, 빈자들이 그들의 부를 빼앗고 싶어 한다고 의심하기 때문이지요. 교수들, 아니 더 적합한 명칭인 가장들은 그런 이유 때문에도 분노하겠지만, 다른 이유는 수면의 훨씬 밑에 깔려 있습니다. 어쩌면 그들은 〈화내지〉 않았고, 사실 사생활에서 존경스럽고 헌신적이고 모범적이었을지 모릅니다. 교수가 여성의 열등성을 지나치게 강조하며 주장했을 때, 그는 여성의 열등성이 아니라 자신의 우월성에 주목했던 겁니다. 그가 그것을 좀 조급하게, 과도하게 강조했던 것은 자신에게 귀한 보석이기 때문이었지요. 남녀 모두에게 인생은 ― 나는 거칠게 밀치고 길을 지나는 사람들을 쳐다봤습니다 ― 고되고 어렵고 끝없는 발버둥입니다. 인생살이에는 막대한 용기와 힘이 요구됩니다. 무엇보다도 우리는 착각의 피조물이기에 자신감도 필요할 겁니다. 자신감이 없으면 요람에 누운 아기와 다름없지요. 이 헤아릴 순 없어도 너무도 귀중한 특성을 어떻게 하면 신속히 끌어낼 수 있을까요? 타인들을 자신보다 열등하다고 생각하는 것으로 그럴 수 있겠지요. 자신이 부나 지위, 반듯한 콧날이나 롬니[28]가 그린 조부의 초상화 같은 우월성을 타고났다고 느끼면 되겠지요. 남들보다 우월하다고 느끼기 위해 인간이 상상한 한심한 방편이야 무한하니까요. 그래

28 George Rommney(1734~1802). 18세기 말 영국 상류 사회의 유명한 초상화가.

서 정복해야 하고 지배해야 하는 가장으로서는 많은 사람들, 실은 인류의 절반이 자신보다 열등하게 타고났다고 느끼는 것이 무척 중요합니다. 틀림없이 그게 그의 권력의 주요 원천 중 하나일 겁니다. 하지만 실생활을 조명해 보자는 생각이 들었습니다. 그게 일상생활의 여백에 기록한 심리적인 퍼즐들의 일부를 설명하는 데 도움이 될까요? 저번 날 가장 인간적이고 겸손한 남성 Z가 리베카 웨스트가 쓴 책을 집어서 한 구절 읽다가 〈극악한 페미니스트로군! 남자들이 속물이라잖아!〉라고 외쳤을 때 내가 느낀 경악을 설명해 드릴까요? 내게 정말 놀라웠던 그 탄식은 — 웨스터가 남성에 대해 다소 예의에 벗어났을지는 몰라도 진실에 가까운 언급을 했다고 해서 왜 극악한 페미니스트라고 하는 걸까요? — 단순히 상처받은 허영심의 비명이 아니었습니다. 그것은 그가 믿는 권력을 침해하는 데 맞선 반발이었습니다. 여성들은 수백 년간 남성을 실물의 두 배 크기로 비춰 주는 기분 좋은 마력을 가진 거울 역할을 해왔습니다. 그 능력이 없다면 아마 지구는 여전히 늪지와 밀림일 겁니다. 모든 영광스러운 전쟁은 알려지지 않았겠지요. 우린 아직도 남은 양고기 뼈에 사슴을 각인하고, 부싯돌을 양가죽이나 다른 촌스러운 취향에 맞는 간단한 장신구와 교환할 겁니다. 전제권력자들과 「운명의 손가락들」[29]은 나오지도 않았을 겁니다. 차르와 카이저가 즉위하거나 퇴위당하지도 않았을 테고요. 문명 사회에서 어떻게 쓰이든 거울은 모든 폭력적이고 영웅적인 행위에 필수품입니다. 그게 나폴레옹과 무솔리니가 공히 여성의 열등성을 힘주어 주장하는 이유지요. 여성이 열등하지 않다면 남성을 확대해 주지 않을 테니까. 여기서 여성이 빈번하게 남성에게 필요한 이유의 일부가 설명됩니다. 남성들이 여성의 비평에 얼마나 안절부절못하는지도 설명되지요. 여성이 이 책이 나쁘다, 이 그림이 시시하다는 식으로 의견을 밝히면, 다른 남성이 똑같이 비평했을 때보다 훨씬 큰 고통을 주고 훨씬 큰 분노를 일으키는 것도 그 때문입니다. 여자가 진실을 말하기 시작하면, 그 남자의 거울에 비친 형상은 작아지고 삶에 대한 적응력 또한 줄어듭니다. 그가 조식과 석식 때 실제보다 최소 두 배는 큰 자신을 볼 수 없다면, 어떻게 계속 판결하고, 원주민들을 개화시키고, 법을 제정하고, 책을 저술하고, 연회에 차려입고 가서 발언을 하겠습니까? 그래서 난 빵을 만지작대고 커피를 저으면서, 이따금 거리의 행인들을 쳐다보면서 생각했습니다. 거울에 비친 이미지가 극도로 중요한 것은 생기를 충전시키기 때문이야. 그것이 신경계를 자극하지. 그것을 빼앗으면 남자는 죽을 거야, 코카인을 빼앗긴 마약 중독자처럼. 창을 내다

29 1914년 작 영국의 전쟁 드라마.

보며, 보도를 걷는 행인들의 과반수는 그런 착각에 사로잡혀 출근하지. 나는 생각했습니다. 아침에 그들은 흡족한 햇살 아래서 코트를 입고 모자를 씁니다. 자신이 미스스미스의 티파티에서 환영받을 거라고 믿으며 자신 있게 채비하면서 하루를 시작하지요. 방에 들어가면서 난 여기 모인 사람들의 절반보다 우월하다고 스스로에게 말합니다. 그래서 그런 자신감, 그런 자기 확신을 가진 채 말하고, 이것은 공적인 삶에 지대한 결과를 가져오며, 사적인 정신의 여백에 그런 묘한 메모를 남기게 하는 것입니다.

하지만 남성 심리라는 위험하고 매혹적인 주제에 대한 이런 추측은 ─ 연간 5백 파운드를 가용할 수 있어야 탐구할 수 있을 겁니다 ─ 식사비를 지불해야 해서 멈추고 말았습니다. 식대는 5실링 9펜스였습니다. 내가 10실링짜리 지폐를 주자 웨이터가 거스름돈을 가지러 갔습니다. 지갑에는 10실링권이 더 들어 있었습니다. 그것이 눈에 띈 것은, 자동적으로 10실링권을 채우는 지갑의 힘이 여전히 감동적이라는 사실 때문입니다. 지갑을 열면 거기 지폐가 있습니다. 내가 친척이라는 이유만으로 숙모에게 상속받은 일정액의 대가로 사회는 닭고기와 커피, 침대와 거처를 줍니다.

내 숙모 메리 비턴이 봄베이에서 바람을 쐬러 나갔다

가 낙마 사고로 죽었다는 것을 밝혀야겠군요. 내가 상속받았다는 소식을 받은 밤은 여성에게 투표권을 주는 법안이 통과된 때였습니다. 변호사의 편지가 우편함에 떨어졌고, 그것을 읽고 숙모가 내 앞으로 평생 연간 5백 파운드씩을 남겨 주었다는 사실을 알았습니다. 투표권과 돈 두 가지 가운데 돈이 훨씬 중요해 보였다는 걸 인정합니다. 그 전에 나는 신문사들에서 소소한 일거리를 얻어, 여기저기서 열린 당나귀 쇼나 결혼식 기사를 써서 생계를 꾸렸습니다. 봉투에 주소 쓰기, 노부인들에게 책 읽어주기, 조화 만들기, 유치원생에게 알파벳 교습하기 등으로 푼돈 벌이를 했습니다. 1918년 이전 여성들에게는 그런 일자리들이 열려 있었습니다. 그런 일을 해본 여성들을 알 테니, 그 일의 고단함을 상세히 설명할 필요는 없겠지요. 또 여러분이 시도해 봤을 테니, 그렇게 번 돈으로 살기가 얼마나 고달픈지도 새삼 말할 필요 없을 겁니다. 하지만 그보다 심한 형벌로 여전히 남아 있는 것은 그 시절이 내면에 새긴 독 같은 두려움과 비통이었습니다. 우선 하고 싶지 않은 일을 늘 해야 했던 것. 늘 꼭 그래야 하는 건 아니지만 필요한 일 같았고, 위험 부담이 너무 커모험을 할 수가 없었습니다. 아부하고 아첨하면서 노예처럼 일해야 했던 것. 그다음은 숨기고는 살 수 없는 재능이, 대수롭지 않아 보여도 당사자에게는 중요한 재능이 소멸해 가고, 그와 함께 나 자신과 영혼도 소멸해 가고 있던 것. 이 모든 게 봄꽃을 갉아먹고 나무의 심장부를 해치는 녹병처럼 되었습니다. 하지만 숙모가 세상을 떠났고, 내가 10실링권을 바꿀 때마다 그 악영향이 조금씩 벗겨지며 두려움과 비통이 없어집니다. 잔돈을 지갑에 넣으면서, 그 시절의 비통함을 기억하니 고정 수입이 가져오는 사람의 성격 변화가 놀랍다는 생각을 했습니다. 세상의 어떤 권력도 내 5백 파운드를 빼앗지 못합니다. 의식주가 영원히 내 것입니다. 따라서 노력과 노동만 중단되는 게 아니라 증오와 비통도 그치지요. 나는 어떤 남자도 증오할 필요가 없습니다. 그가 나를 해치지 못하니까요. 어떤 남자의 비위를 맞출 필요도 없습니다. 그가 내게 줄게 없으니까요. 그래서 무의식 중에 인류의 절반인 이성들에게 새로운 태도를 취하는 나 자신을 발견했습니다. 어떤 계층이나 성별을 통틀어 비난하는 것은 황당한 처사였습니다. 대부분의 인간이 하는 일은 그의 책임이 아닙니다. 통제권 밖인 본능에 휘말려 그런 일을 합니다. 그들, 가장들이나 교수들도 끝없는 난관들을, 엄청나게 곤란한 결함들을 갖고 있었습니다. 어찌 보면 그들이 받은 교육도 내가 받은 교육 못지않게 엉터리였습니다. 교육은 그들에게 그 결함들을 훌륭하다고 인식시켰습니다. 그들이 돈과 권력을 쥐었던 것은 사실이지만, 가슴속에

매를, 독수리를 안고 사는 희생을 해야 했습니다. 매, 독수리가 간을 찢고 폐를 잡아당겼지요. 소유욕이, 획득에 대한 격정이 영원히 타인의 토지와 재산을 탐하도록 몰아갑니다. 국경과 깃발을 만들도록, 전함과 독가스를 만들도록, 자신과 자식들의 목숨을 바치도록 몰아가지요. 애드미럴티 아치[30](난 그 기념물에 도착했습니다)를 지나가며 거기서 기리는 부류의 영광에 대해 생각해 보십시오. 혹은 봄 햇살이 좋은데도, 돈을 더 많이 벌려고 건물로 들어가는 주식 중개인과 변호사 들을 보십시오. 1년에 5백 파운드면 햇살을 받으며 지낼 수 있는데 말입니다. 이런 본능들은 품고 살기에 불쾌하다는 생각이 들었습니다. 이런 본능들은 삶의 조건 속에서, 비루한 문명 속에서 자란다고 생각하면서, 케임브리지 공의 동상을, 특히 비딱한 모자의 깃털을 쳐다보았습니다. 아마 동상은 그렇게 골똘히 응시하는 눈길을 처음 받아 봤을 겁니다. 이런 결함들을 깨닫자, 점차 두려움과 비통이 연민과 관용으로 변해 갔고, 1~2년 뒤에는 연민과 관용도 없어지고 가장 큰 해방을 맞이했습니다. 바로 사물을 그 자체로 생각하는 자유 말입니다. 예를 들어 그 건물이 내 마음에 드는가, 아닌가? 그 그림은 아름다운가, 아닌가? 내가 보

30 에드워드 7세가 어머니 빅토리아 여왕을 위해 지은 기념물. 근처에 해군성(애드미럴티Admiralty)이 있다.

기에 그것은 좋은 책인가, 나쁜 책인가? 정말이지 숙모의 유산은 내게 하늘의 장막을 걷어 냈습니다. 밀턴이 영원히 숭배하라고 말한 신사의 거대하고 위풍당당한 형상 대신, 탁 트인 하늘 정경을 보여 주었습니다.

그렇게 생각하고 그렇게 명상하면서, 강변의 집으로 돌아갔습니다. 램프들이 켜지고, 아침나절 이후 형언할 길 없는 변화가 런던에 내렸습니다. 종일 가동된 기계가 우리의 도움으로 흥미롭고 아름다운 천 몇 야드 — 붉은 눈을 번뜩이는 타는 듯한 옷감, 뜨거운 입김을 내뿜는 황갈색 괴물 — 를 만들어 낸 듯했습니다. 바람조차 깃발처럼 휘날리며, 집들에 휘몰아치고 옥외 간판들을 흔들어 댔습니다.

하지만 내가 사는 작은 길에서는 가정사가 펼쳐졌습니다. 주택 도장공은 사다리를 내려오고, 보모는 유아차를 조심스레 이리저리 움직여 식사하러 집으로 향하고 있었습니다. 석탄 배달부는 빈 자루들을 차곡차곡 접고, 청과상 여주인은 빨간 장갑을 낀 손으로 하루 매출액을 계산하고 있었습니다. 하지만 나는 여러분이 어깨에 지워 준 문제를 고심하느라 이런 평범한 광경들도 하나의 구심점으로 볼 수밖에 없었습니다. 이런 직업들 중 뭐가 더 높고 더 필요한 일이라고 말하기가 1백 년 전보다 지금이 더 어렵다는 생각이 들었습니다. 석탄 배달부나 보모가 되는 게 더 나을까? 10만 파운드를 번 변호사가 여덟 아이를 키운 파출부보다 세상에 더 가치가 있을까? 그런 질문들을 던지는 것은 쓸데없습니다. 아무도 대답할 수 없으니까요. 파출부와 변호사의 상대적인 가치는 10년마다 오르내리지만, 우린 당장 그 가치를 잴 잣대가 없습니다. 그 교수에게 여성에 대한 논의에서 이런저런 〈논란의 여지 없는 증거들〉을 밝히라고 요구하다니, 내가 어리석었습니다. 그 순간 어떤 재능의 가치를 말할 수 있다고 한들 그런 가치는 변하기 마련이고, 1세기 후에는 가치가 완전히 변할 가능성이 농후합니다. 더구나 1백 년 뒤에는 여성들이 보호받는 성(性)이던 시절이 끝날 거라고 내 집 문간에 도착하면서 생각했습니다. 필연적으로 여성들은 과거에 금기였던 모든 활동과 일에 참여할 겁니다. 보모는 석탄을 배달할 겁니다. 상점 여주인은 기관차를 운전하겠지요. 여성이 보호받는 성이었을 때 관찰된 사실들에 입각한 모든 가정은 불식될 겁니다. 예를 들어 (여기서 군부대가 거리를 내려갔습니다) 여성, 성직자, 정원사가 더 장수한다는 가설이 있지요. 보호를 벗어 던지고 여성들을 같은 활동과 일에 노출시켜, 군인과 선원과 차량 운전수와 부두 노동자로 만드십시오. 그러면 여성들은 남성들보다 훨씬 젊은 나이에 훨씬 빨리 죽을 테고, 누군가 〈오늘 비행기를 봤어〉라고 말하듯이 〈오늘 여자를 봤어)라고 말하게 될 겁니다. 여성이 보호받는 상황이 끝난 다면 어떤 일이든 벌어지리라 생각하며 문을 열었습니다. 그런데 이 모든 게 〈여성과 소설〉이라는 주제와 무슨 관계지? 그렇게 물으면서 안으로 들어갔습니다.

3

중요한 문장, 진솔한 사실을 얻지 못한 채 저녁에 귀가하니 실망스러웠지요. 이런저런 이유로 여성들은 남성들보다 빈곤합니다. 어쩌면 진리를 모색할 때, 남의 머리에서 쏟아져 나오는 용암처럼 뜨겁고 구정물처럼 칙칙한 의견을 받아들이는 짓은 그만두는 게 나을 겁니다. 커튼을 쳐서 한눈팔 거리를 차단하고 등잔을 켜는 게 낫겠지요. 조사 범위를 좁혀, 견해가 아닌 사실을 기록하는 역사가들에게 여성들이 어떤 상황에서 살았는지 설명을 구하는 편이 나을 겁니다. 전체 시대가 아니라 영국에서, 말하자면 엘리자베스 시대의 상황을.

모든 남성이 시가나 소네트[31]를 쓸 수 있었던 듯한 그 시대에, 왜 여성은 특출한 문학 작품을 쓴 예가 없는지 늘 의심스럽습니다. 여성들은 어떤 처지에서 살았을지 자문했습니다. 상상력의 산물인 소설은 조약돌처럼 땅에 뚝 떨

31 이탈리아 연애시에서 유래한 14행 시.

어지지 않습니다, 과학이라면 모르겠지만요. 소설은 아주 가볍긴 하지만 삶의 네 모서리에 붙어 있는 거미집과 비슷합니다. 붙어 있는 것이 감지되지 않기 일쑤지요. 예를 들어 셰익스피어의 희곡들은 완전히 혼자 공중에 걸려 있는 듯 보입니다. 하지만 거미집을 비스듬히 당겨 가장자리를 위로 들어서 가운데가 찢어지면, 그제야 이런 거미집이 무형의 생물이 허공에 짠 게 아님을 기억하게 됩니다. 고생하는 인간들의 산물이며, 건강과 돈과 우리가 사는 주택 같은 물질들에 매달려 있다는 걸 기억하게 되지요.

그래서 역사서들이 꽂힌 서가로 가서 최신서인 트리벨리언 교수[32]의 『영국사』를 꺼냈습니다. 다시 한번 〈여성〉을 찾아 〈지위〉 부분을 골라서 책장을 펼쳤습니다. 이렇게 적혀 있더군요. 〈아내 구타는 남성의 권리로 인정되어서 높고 낮은 계층을 막론하고 수치심 없이 자행되었다. (……) 마찬가지로,〉 역사가는 계속 이렇게 피력합니다. 〈부모가 선택한 신사와 혼인하는 걸 거부하는 딸이 갇히고 구타당하고 방에 내동댕이쳐져도 여론에 충격을 주지 않았다. 혼인은 사적인 애정이 아닌 집안의 탐욕과 관련되었으며 《예절을 존중하는》 상류층에서 특히 그랬다. (……) 한쪽이나 양쪽이 요람에 있을 때 정혼이 이루어지고 보모의 품을 벗어날까 말까 할 때 혼례를 했다.〉 그때가

32 George Macaulay Trevelyan(1876~1962). 영국 역사가.

1470년, 초서[33] 시절 직후였습니다. 여성의 지위에 대한 다음 언급은 2백 년 뒤인 스튜어트 왕조 시절이었지요. 〈상류층과 중류층 여성들이 직접 남편을 선택하는 일은 여전히 예외적이었으며, 남편이 정해지면 적어도 법과 관습은 그를 가장이자 소유주로 만들어 주었다.〉 트리벨리언은 이렇게 결론 내립니다. 〈그렇지만 셰익스피어의 여성들이나 버니나 허치슨같이 믿을 만한 17세기 회고록[34] 속의 여성들은 개성과 특징이 있었던 것 같다.〉 생각해 보면 클레오파트라는 나름의 줏대가 있었을 테고, 레이디 맥베스도 자신의 의지를 가졌다고 할 것입니다. 로잘린드[35]는 매력적인 아가씨였다고 결론 내릴 만하지요. 트리벨리언 교수가 셰익스피어의 여성들이 개성과 특징이 있었다고 한 기술은 사실입니다. 사학자가 아닌 나는 한발 더 나아가 이렇게 말하겠습니다. 여성들은 유사 이래 모든 시인의 작품에서 횃불처럼 타올랐습니다. 희곡에서는 클리타임네스트라, 안티고네, 클레오파트라, 레이디 맥베스, 페드르,[36] 크레시다,[37] 로잘린드, 데스데모나,[38] 몰피 공작 부

33 Geoffrey Chaucer(1343~1400). 『캔터베리 이야기』를 쓴 영국 작가.
34 프랜시스 버니의 『17세기 버니 가문의 기록』과 루시 허치슨의 『허치슨 대령의 생애』를 말한다.
35 셰익스피어의 희곡 『뜻대로 하세요』의 주인공.
36 장 라신의 비극 『페드르』의 주인공으로, 아테네 왕의 젊은 왕비.

인,[39] 산문에서는 밀러먼트,[40] 클라리사,[41] 베키 샤프,[42] 안나 카레니나, 에마 보바리, 게르망트 부인[43] 등의 이름이 머리에 떠오릅니다. 이 작가들은 여성들을 〈개성과 특징이 부족하다〉고 보지 않습니다. 사실 여성이 남성들이 쓴 소설 밖에서는 존재하지 않는다면, 우린 여성을 극히 중요한 인물로 상상할 겁니다. 대단히 다양하게, 영웅적이고 비열하게, 눈부시고 추악하게, 무한히 아름답고 극도로 가증스럽게. 어느 남성만큼이나 훌륭하게, 혹자는 더 훌륭하게 생각할 겁니다.[44] 하지만 이것은 소설 속의 여성입니다.

37 트로이 왕자 트롤리우스의 애인으로 그리스 장교인 디오메데스에게서 도망쳤다.

38 셰익스피어 희곡『오셀로』의 등장인물.

39 존 웹스터의 희곡『몰피 공작 부인』의 주인공.

40 윌리엄 콩그리브의 희곡『세상 이치』의 등장인물.

41 새뮤얼 리처드슨의 희곡『한 젊은 여성의 생애』의 등장인물.

42 윌리엄 새커리의 소설『허영의 시장』의 등장인물.

43 마르셀 프루스트의 소설『잃어버린 시간을 찾아서』의 등장인물.

44 〈이상하고 설명할 수 없다시피 한 사실이 남는다. 여성들이 노예나 하녀로 거의 동양식 억압에 짓눌려 있던 아테네에서 극은 클리타임네스트라와 카산드라, 아토사와 안티고네, 페드르와 메데이아, 그리고《여성 혐오자》인 에우리피데스의 극을 지배하는 여주인공 같은 인물들을 생산했다는 것이다. 실생활에서 지체 높은 여성은 거리에 혼자 나오지 않지만, 무대에서 여성은 남성과 동등하거나 우월한 이 모순적인 세계는 만족스럽게 설명된 적이 없다. 현대 비극에서도 이와 같은 여성 지배 현상을 찾아볼 수 있다. 아무튼 셰익스피어의 작품을 대략적으로만 살펴봐도(말로나 존슨은 아니지만 웹스터도 비슷하다) 로잘린드부터 레이디 맥베스까지 이러한 여성의 지배, 여성의 주도가 충분히 드러난다. 라신의 경우도 마찬가지여서, 그의 비극 여섯 작품이 여주인공의 이

사실 트리벨리언 교수가 지적하듯, 여성은 갇혀서 구타당하고 방 안에 내동댕이쳐지고 있었지요.

그리하여 상당히 특이하고 복합적인 존재가 등장합니다. 상상 속에서 그녀는 가장 중요하지만 현실적으로는 완전히 미미합니다. 그녀는 시가의 처음부터 끝까지 자리하지만, 역사에는 부재합니다. 소설에서는 그녀가 왕과 정복자의 인생을 지배하지만, 사실은 아무 남자의 노예였으며 그의 부모가 그녀의 손가락에 억지로 반지를 끼워 주었습니다. 문학에서는 일부 가장 영감을 주는 표현들, 일부 가장 심오한 사유가 그녀의 입에서 흘러나옵니다. 하지만 현실에서 그녀는 거의 읽지도 쓰지도 못했고, 남편의 소유물이었습니다.

먼저 역사서를 읽은 뒤 시를 읽자 기이한 괴물이 만들어졌습니다. 그것은 매 같은 날개를 단 벌레, 부엌에서 고기의 비곗덩이를 자르는 생명과 미의 요정이었지요. 그러나 상상하기는 재미있어도 이런 괴물들은 사실상 존재하지 않습니다. 그녀에게 생명을 불어넣으려면 시적으로, 산문적으로 한 번에 동시에 생각해야 했습니다. 그래서 〈그녀는 마틴 부인이고 나이는 36세이며 파란색 옷을 입

름을 제목으로 삼고 있다. 헤르미오네와 안드로마케, 베레니스와 록산, 페드르와 아탈리에 필적할 어떤 남주인공이 있을까? 입센도 마찬가지다. 솔베이그와 노라, 헤다와 힐다 반겔과 리베카 웨스트에 어떤 남성들이 대적할까?〉 F. L. 루커스, 『비극』, 114~115쪽 — 원주.

고 검은 모자와 갈색 구두를 착용한다〉는 사실을 유지하면서 〈그녀는 한 척의 배이고 거기 온갖 정신과 힘이 담겨 영원히 방향을 잡고 나아간다〉는 허구도 놓치면 안 됩니다. 하지만 엘리자베스 시대 여인에게 이 방법을 적용하려는 순간, 가지 하나에 불이 켜지지 않습니다. 사실의 결핍으로 인해 멈춰 서게 되는 거지요. 우린 세부 사항을, 그녀에 대한 완전히 진실하고 중요한 사실들을 전혀 모릅니다. 그래서 나는 다시 트리벨리언 교수에게 돌아가 역사는 그에게 무엇을 의미하는지 살펴봤습니다. 이런 소제목들을 살폈습니다.

〈장원 법정[45]과 공동 경작 방식…… 시토 수도사들과 양 사육…… 십자군…… 대학교…… 하원…… 백년 전쟁…… 장미 전쟁…… 르네상스 학자들…… 수도원들의 몰락…… 토지와 종교 분쟁…… 영국 해군력의 기원…… 무적함대……〉 등등. 가끔 엘리자베스나 메리 같은, 여왕이나 귀부인 같은 여성이 개인적으로 언급됩니다. 하지만 자기 소유라곤 두뇌와 개성밖에 없는 중산층 여성들은, 사학자의 역사관을 형성하는 어떤 주요 사건에도 참여할 길이 없습니다. 역사 속 일화를 모은 책에서도 여성을 찾을 수 없지요. 오브리[46]는 그녀를 언급하지 않습니다. 그녀는 회

---

45 영국에는 장원마다 법이 있었고, 각 장원의 법이 최하위 법이었다.

고록을 집필하지도 않고 일기도 거의 쓰지 않습니다. 편지 뭉치만 남아 있을 뿐이지요. 우리가 평가할 수 있는 희곡이나 시를 남기지도 않습니다. 내가 원하는 것은 정보 뭉치입니다. 왜 뉴넘이나 거턴 칼리지의 출중한 학생들은 그걸 제공해 주지 않는 걸까요? 그녀가 몇 살에 결혼했는지, 대체로 자녀는 몇이나 낳았는지, 자택은 어떻게 생겼는지, 자기만의 방을 가졌는지, 직접 요리했는지, 하녀를 두고 싶었을지. 아마 이런 사실들은 교구 등록부와 회계 장부에 남아 있을 거고, 평균적인 엘리자베스 시대 여성의 삶이 어딘가 흩어져 있을 테니 그걸 모아 책으로 엮을 수 있을 겁니다. 거기 없는 책들을 찾아 서가들을 살피면서, 그런 유명한 칼리지의 학생들에게 역사를 다시 써야 한다고 주문하는 것은 내 주제넘는 욕심이리라 생각했습니다. 비록 지금 역사는 이상하고 비현실적이며 한쪽으로 기울어진 듯 보입니다만. 그런데 왜 그들은 역사에 한 장을 더해 알아보기 쉬운 제목을 달아서 여성들을 적절히 등장시켜 주지 않을까요? 대단한 인물들의 인생에서 여성들은 급히 배경으로 내몰려, 윙크나 웃음이나 어쩌면 눈물을 감추고 있는 광경이 자주 흘긋 보인다는 생각이 드는데 말이지요. 우리는 제인 오스틴 같은 인물의 생애

---

46 John Aubrey(1626~1697). 17세기 영국 골동품 수집가. 동시대인들에 대한 생생하고 신랄한 일화를 모은 책으로 유명하다.

는 충분히 압니다. 조애너 베일리[47]의 비극이 애드거 앨런 포의 시에 영향을 준 것을 새삼 생각할 필요가 없을 겁니다. 나로 말하자면, 메리 러셀 밋퍼드[48]의 거처들과 자주 다닌 곳들이 최소 1세기 동안 대중에 공개되지 않는대도 상관없습니다. 하지만 다시 서가를 둘러보면서, 18세기 이전의 여성들에 대해 알려진 바가 없다는 것이 비통했습니다. 마음속에서 이리저리 그려 볼 모델이 없는 거지요. 여기서 난 엘리자베스 시대에 여성들은 왜 시를 쓰지 않았는지 묻고 있으나, 그들이 어떻게 교육받았는지 잘 모릅니다. 그들이 글쓰기를 배웠는지, 혼자 차지할 방이 있었는지, 21세가 되기 전에 자녀를 몇이나 출산했는지, 간단히 말해 그들이 오전 8시에서 오후 8시까지 무엇을 했는지. 재산을 갖지 못한 것은 분명했습니다. 트리벨리언 교수에 따르면 그들은 아이 방에서 나오기 전인 열다섯이나 열여섯 살쯤 좋든 싫든 결혼했습니다. 이걸 보면 어떤 여성이 갑자기 셰익스피어 같은 희곡들을 썼다면 그게 극히 이상했을 거라는 결론이 내려지더군요. 그리고 지금은 죽었지만 생시에 주교였던 노신사를 떠올렸습니다. 아마 그는 과거든 현재든 미래든 어떤 여자도 셰익스피어 같은

---

47 Joanna Baillie(1762~1851). 스코틀랜드의 시인, 극작가. 희곡을 운문으로 쓴 것으로 유명하다.
48 Mary Russel Mitford(1787~1855). 영국의 소설가, 극작가.

천재성을 갖는 건 불가능하다고 천명했습니다. 그런 글을 신문들에 기고했지요. 자문을 구한 숙녀에게 사실 고양이는 천국에 가지 않는다고 말하기도 했는데, 고양이가 일종의 영혼을 갖긴 한다고 덧붙였습니다. 이런 노신사들이 우리에게 생각할 거리를 얼마나 많이 만들어 주었는지요! 그들이 접근하면 무지의 경계가 저만치 뒤로 물러섭니다! 고양이는 천국에 가지 않는답니다. 여성들은 셰익스피어처럼 희곡을 쓸 수 없고요.

서가의 셰익스피어 작품들을 쳐다보면서, 그렇다 해도 적어도 이 부분은 주교가 옳았다고 인정할 수밖에 없었습니다. 셰익스피어 시대에 어떤 여성도 셰익스피어 작품 같은 희곡을 절대로 쓰지 못했으리라는 대목 말입니다. 당시 현실을 알기 어려우니 상상을 해보겠습니다. 셰익스피어에게 뛰어난 재능을 가진 누이가 있었다고 상상해 봅시다, 이름은 주디스라고 정할까요. 셰익스피어는 모친이 상속을 받았으니 틀림없이 중학교에 다니며 라틴어와 — 오비디우스, 베르길리우스, 호라티우스를 읽었겠지요 — 문법 기초와 논리학을 배웠을 겁니다. 익히 알려지길, 그는 활달한 소년이었다지요. 토끼를 밀렵하고 어쩌면 사슴도 사냥했을 테고, 적령기보다 일찍 동네 여자와 결혼했고, 그녀는 혼전 임신을 했습니다. 분방한 기질 때문에 런던에 가서 인생을 도모했습니다. 그는 극장에 흥미가 있는 듯했습니다. 무대 출입구에서 말을 관리하는 일을 시작했지요. 곧 극장에서 일자리를 얻어 성공한 배우가 되었고, 우주의 중심에서 살면서 누구나 만나고, 누구나 알고, 작품을 상연하고, 저잣거리에서 수완을 부리고, 심지어 여왕의 궁전에 가기도 했습니다. 한편 재능이 출중한 누이는 집에 남았다고 가정해 봅시다. 그녀는 셰익스피어만큼 모험심이 강하고 상상력이 풍부하고 세상을 보고 싶어 했습니다. 하지만 부모가 학교에 보내지 않았지요. 호라티우스와 베르길리우스를 읽는 것은 고사하고 문법과 논리학을 배울 기회조차 없었습니다. 주디스는 가끔 책을, 아마 셰익스피어의 책을 들고 몇 페이지 읽었을 겁니다. 하지만 그러면 부모가 들어와 책과 신문을 들고 빈둥대지 말고 양말을 깁거나 스튜를 살피라고 말합니다. 부모는 따끔하지만 친절하게 말했을 겁니다. 여자의 삶의 조건을 아는 현실적인 사람들이었고, 딸을 사랑했으니까요. 사실 주디스는 아버지의 금지옥엽이었을 가능성이 크지요. 어쩌면 그녀는 사과 창고에서 몰래 몇 페이지 끄적였다가 조심스럽게 감추거나 불태웠겠지요. 곧 10대를 벗어나기도 전에 이웃 양모 중개인의 아들과 약혼해야 했습니다. 주디스는 결혼이 혐오스럽다고 악썼고, 그 때문에 아버지에게 심한 매질을 당했습니다. 그러다가 아버지는 딸을 꾸짖는 걸 멈추었습니다. 대신 딸에게 자신을 상심시키지 말라고, 혼인 문제에서 망신당하게 만들지 말라고 당부했습니다. 목걸이나 예쁜 페티코트를 주겠다고 딸을 달래는 아버지의 눈에 눈물이 고였습니다. 어떻게 그런 아버지를 거역할 수 있었을까요? 어떻게 그를 상심시킬 수 있었을까요? 오로지 재능의 힘이 그녀를 몰아댔습니다. 주디스는 여름밤에 소지품을 싼 작은 보따리를 들고 밧줄을 타고 내려가 런던으로 향했습니다. 아직 열일곱 살도 채 안 되었습니다. 울타리에서 노래하는 새들도 주디스처럼 구성지게 노래하지는 못했습니다. 그녀는 언어의 운율을 즉흥적으로 만드는 능력을 가졌고, 이것은 오빠와 똑같은 재능이었습니다. 오빠처럼 그녀도 연극에 취미가 있었습니다. 그녀는 무대 출입문에 섰습니다. 배우가 되고 싶다고 말했습니다. 사내들이 면전에서 웃었습니다. 뚱뚱하고 수다스러운 사내인 관리인은 낄낄댔습니다. 그는 춤추는 푸들과 연기하는 여자들에 대해 일장 연설을 했지요. 어떤 여자도 배우가 될 수 없다고 말했습니다. 그가 넌지시 무슨 말을 했는지 여러분도 상상이 될 겁니다. 주디스는 직업 교육을 받을 수 없었습니다. 선술집에서 저녁을 먹거나 심야에 거리를 다닐 수는 있었을까요? 하지만 비범한 문학적 재능이 있었고, 남성들과 여성들의 삶을 흠뻑 맛보고 그들이 사는 방식을 탐구하고 싶은 마음이 간절했습니다. 마침

내 배우 관리자인 닉 그린이 그녀를 측은히 여겼습니다. 주디스가 너무 젊고, 묘하게 시인 셰익스피어와 얼굴이 닮았으며 똑같은 회색 눈과 둥근 눈썹을 가져서였죠. 주디스는 이 신사의 아이를 임신했음을 알았고, 그래서 ─ 시인의 심장이 여성의 몸속에 붙들려 뒤엉킬 때의 그 열기와 격렬함을 누가 가늠할까요? ─ 어느 겨울밤 목숨을 끊었고, 지금 〈엘리펀트 앤드 캐슬〉[49] 외곽의 승합차 정류장이 있는 교차로에 묻혀 있습니다.

셰익스피어 시대에 어떤 여성이 대문호 같은 천재성을 지녔다면 이 비슷하게 이야기가 흘러갈 것입니다. 하지만 나 역시 돌아가신 그 주교 ─ 그가 주교가 맞다면요 ─ 의 말에 동의합니다. 셰익스피어 시대에 어떤 여성이 대문호 같은 천재성을 지닌다는 것은 생각할 수 없는 일이었습니다. 셰익스피어 같은 천재는 노동해야 하고 교육받지 못하는 하인 계층에서 나오지 않으니까요. 영국에서는 색슨족과 브리턴족 중에선 그런 인물이 나오지 않았습니다. 오늘날 노동 계층에서도 나오지 않지요. 그런 마당에 여성들 중에서 어떻게 나올 수 있었겠습니까? 트리벨리언 교수의 설명을 보면, 여성들은 아이 방에서 나오기 무섭게 노동을 시작했고, 부모가 억지로 일을 시켰고, 모든 법과 관습의 권력이 그들을 일하게 만들었는데 말입니다.

49 런던의 남동부 지역.

하지만 어떤 부류의 천재는 노동자 계층뿐 아니라 여성들 중에도 존재했을 게 분명합니다. 이따금 에밀리 브론테나 로버트 번스[50]가 타올라서 그 존재를 입증합니다. 하지만 분명히 그게 저절로 종이에 옮겨지지는 않았겠지요. 그러나 따돌림당한 마녀, 귀신 들린 여자, 약초를 파는 여성 현자에 대한 글을 읽을 때, 혹은 대단히 뛰어난 남성의 어머니에 대한 글을 읽을 때면, 어느 자취 없는 소설가나 억압받은 시인의 흔적과 만났다는 생각이 듭니다. 어느 말 없는 무명의 제인 오스틴을. 재능이 안겨 준 괴로움에 미쳐서 머리를 싸안고 황무지를 헤매거나 큰 도로 주변에서 찡그리는 에밀리 브론테를. 사실 수많은 시를 쓰고도 노래하지 않은 무명씨는 여성인 경우가 대다수이리라 추측하고 싶습니다. 에드워드 피츠제럴드[51]는 발라드[52]와 민요를 만들어 내어 아이들에게 불러 주거나 그 노래를 부르며 물레질을 하여 기나긴 겨울밤을 달랜 이들이 바로 여성이었다고 암시한 적이 있습니다.

그게 맞든 틀리든 — 누가 알겠습니까? — 내가 지은 셰익스피어의 누이 이야기를 되짚어 보면 거기 진실이 하나 있는 듯했습니다. 바로 16세기에 큰 재능을 갖고 태

---

50 Robert Burns(1759~1796). 스코틀랜드의 민족시인.
51 Edward Fitzgerald(1809~1883). 영국의 시인, 번역가.
52 민간전승의 담시.

어난 여성은 미치거나, 총으로 자살하거나, 마을 밖 외딴 집에서 반은 마녀로 반은 현자로 두려움과 조롱의 대상 이 되어 생을 마쳤을 게 빤하다는 점입니다. 심리학 지식 을 들먹이지 않아도 이건 확실합니다. 큰 재능을 가진 아 가씨가 시재(詩才)를 발휘하려 했다면, 남들이 좌절시키 고 방해했을 겁니다. 그녀는 상충되는 본능들에 시달리 고 갈기갈기 찢긴 나머지 심신의 건강에 큰 이상이 생겼 을 겁니다. 런던까지 걸어가 무대 출입문에 서서 배우 관 리자 앞에 자신을 드러낼 수 있었던 아가씨라면, 자신에 게 폭력을 가하고 비통에 시달릴 수밖에 없었겠지요. 그 비통함은 불합리하긴 해도 — 사회가 알 수 없는 이유로 만든 순결에 집착하는 것이니 — 피할 수 없었을 겁니다. 당시, 심지어 지금도 순결은 여성의 인생에서 성스러운 중요성을 지니고, 정신력과 본능으로 겹겹이 싸여 있어, 그것을 벗겨 대낮에 드러내는 일은 극히 드문 용기가 요 구됐습니다. 16세기에 런던에서 자유로운 삶을 영위한다 는 것은, 시인이자 극작가인 여성에게는 초조한 스트레 스와 딜레마를 의미했을 테고, 그것이 자살을 불렀을 겁 니다. 그녀가 목숨을 부지했다 한들, 그녀의 작품은 뭐든 억지스럽고 병적인 상상력으로 인해 왜곡되고 기형이 되 었을 겁니다. 또 나는 여성들의 희곡이 없는 서가를 바라 보면서, 여성 작가가 작품을 쓰고도 서명하지 않았다고 상상해 봤습니다. 분명히 그녀는 거기서 도피처를 구했을 테지요. 심지어 19세기에도 정조 관념이 남아서 여성들은 익명일 수밖에 없었습니다. 커러 벨,[53] 조지 엘리엇, 조르주 상드[54]는 작품들이 증명하듯 내적인 투쟁의 희생자들로, 남자 이름을 내세워 본모를 가리려는 헛된 노력을 했습니다. 그렇게 여성들은 알려지는 것을 꺼리는 관습을 지켰고, 남성들은 강요는 아니어도 상당히 채근했습니다(페리클레스는 여성의 최대 영광은 남의 입에 오르지 않는 것이라고 말했지요. 그 자신은 남의 입에 엄청나게 오르내렸으면서 말입니다). 여성들의 피에는 익명성이 흐릅니다. 베일에 가려 지내려는 욕망에 여전히 사로잡혀 있지요. 지금까지도 여성들은 남성들보다 유명세에 대해 신경 쓰지 않습니다. 일반적으로 묘비나 이정표를 지날 때 자기 이름이 거기 새겨지기를 바라는 억누를 수 없는 욕망을 느끼지도 않습니다. 앨프나 버트나 채스는 본능에 충실해서 욕망을 느낄 거고, 그들의 욕망은 예쁜 여자나 심지어 개가 지나가도 〈이건 내 거야〉라고 중얼댈 겁니다. 그들이 원한 건 개가 아니라 땅이나 검은 곱슬머리 남자일지 모른다고, 국회 의사당 앞 광장이나 베

53 『제인 에어』를 쓴 샬럿 브론테의 필명.
54 조지 엘리엇의 본명은 메리 앤 에번스, 조르주 상드의 본명은 오로르 뒤팽이었다.

릴린 전승 기념탑 거리 등 다른 대로들을 떠올리며 생각했습니다. 여성의 큰 장점 중 하나는, 무척 곱상한 흑인 여성을 지나치면서 그녀를 영국 여자로 만들고 싶다고 생각하지 않는 겁니다.

그런데 16세기에 시재를 타고난 여성은 자신과 맞서 싸우는 불행한 사람이었습니다. 그녀의 전적인 삶의 상황이, 모든 본능이 생각을 자유롭게 표현하는 데 필요한 정신 상태를 위협했습니다. 난 질문했습니다. 그러면 창조 행위에 가장 적절한 정신 상태는 무엇일까? 그 이상한 활동을 촉진하고 가능하게 하는 상태에 대한 개념을 알 수 있으려나? 여기서 난 셰익스피어의 비극이 담긴 책을 펼쳤습니다. 예를 들어 『리어왕』과 『안토니와 클레오파트라』를 집필할 때 셰익스피어는 어떤 정신 상태였을까? 역사상 가장 시에 어울리는 정신 상태였음이 분명했지요. 하지만 셰익스피어 본인은 그것에 대해 아무 언급도 하지 않았습니다. 우린 어쩌다 우연히 그가 〈한 줄도 지우지 않았다〉는 걸 압니다. 18세기 이전에 예술가는 직접적으로 정신 상태를 언급하지 않았습니다. 아마 시작은 루소였을 겁니다. 아무튼 19세기 무렵 자의식이 발전해서 식자층은 고백록과 자서전에서 심정을 기술하는 습관이 생겼습니다. 그들의 전기도 집필되고 사후에는 서신들이 출판되었지요. 따라서 우린 셰익스피어가 『리어왕』을 집필하면서 무슨 생각을 했는지는 모르지만, 칼라일이 『프랑스 혁명』을 쓸 때 무슨 생각을 했는지는 압니다. 플로베르가 『보바리 부인』을 쓸 때, 키츠가 다가올 죽음과 냉담한 세상에 저항하는 시들을 쓸 때 무슨 생각을 했는지 알지요.

많은 현대의 고백과 자기 분석의 문학을 통해, 천재적인 작품은 크나큰 난관을 이긴 개가임을 알 수 있습니다. 작가의 마음에서 오롯이 온전하게 나올 만한 것을 온갖 것이 막습니다. 일반적으로 물리적인 환경이 방해하지요. 개가 짖고, 사람들이 성가시게 합니다. 돈을 벌어야 하고, 건강이 악화됩니다. 더욱이 이런 난점들을 심화하고 더 견디기 힘들게 하는 것은 지독히 냉담한 세상입니다. 세상은 시와 소설과 역사를 쓰라고 청하지 않습니다. 세상은 그런 것들이 필요하지 않습니다. 플로베르가 적합한 어휘를 찾는지, 칼라일이 이런저런 사실을 꼼꼼하게 확인하는지 세상은 개의치 않습니다. 그래서 키츠, 플로베르, 칼라일 같은 작가는 특히 초창기에 모든 형태의 산만함과 의기소침에 시달립니다. 그 분석과 고백 기록 들에서 저주가, 괴로운 비명이 솟구칩니다. 〈비참하게 죽은 위대한 시인들〉,[55] 이것이 그들이 부르는 노래의 후렴구입니다. 이런 상황인데도 뭔가 나온다면, 그것은 기적입

55 윌리엄 워즈워스의 시 「결단과 독립」 중에서.

니다. 처음 구상될 때처럼 완전하고 온전하게 태어나는 책은 아마 없을 겁니다.

텅 빈 서가를 응시하면서 생각했습니다. 여성들에게는 이런 난관들이 한없이 더욱 지독했습니다. 우선 19세기 초까지도 여성이 조용하거나 방음된 방은 고사하고 그저 방 한 칸 갖는 것도 부모가 막대한 자산가거나 귀족이 아니라면 언감생심이었습니다. 부친이 선심을 써야 생기는 용돈은 옷값 정도여서, 키츠나 테니슨이나 칼라일 등 가난한 남성들도 했던 도보 여행이나 프랑스 단기 여행으로 기분 전환을 할 수도 없었지요. 또 형편없더라도 따로 거처가 있어서 가족들의 간섭과 억압을 피할 수 있는 형편도 아니었습니다. 이 물리적인 장애도 엄청났지만, 보이지 않는 어려움이 훨씬 더 나빴습니다. 키츠와 플로베르와 다른 천재들은 냉담한 세상을 견디기 힘들어했지만, 여자는 냉담 정도가 아니라 적대를 당했습니다. 세상은 남성들에게 〈원하면 써라, 난 달라질 게 없으니〉라고 말했지만, 여성에게는 그러지 않았습니다. 낄낄대면서 〈글을 써? 네 글이 무슨 소용이 될 거라고?〉라고 했지요. 썰렁한 서가를 보면서 난 여기서 뉴넘과 거턴 칼리지의 심리학자들이 도와주러 오면 되겠다고 생각했습니다. 낙담이 예술가의 마음에 주는 영향을 측정해야 할 시점이니까요. 전에 어떤 우유 회사가 보통 우유와 1등급 우유가 쥐의 몸에 미치는 효과를 측정하는 걸 본 적이 있지요. 각각 쥐를 넣은 우리 두 개가 나란히 놓였는데, 한 마리는 소심하고 겁 많고 작았고, 다른 한 마리는 윤기가 흐르고 대담하고 덩치가 컸습니다. 이제 우린 예술가인 여성들에게 어떤 음식을 먹일까? 나는 그렇게 물으면서, 자두와 커스터드가 나온 석식을 떠올렸습니다. 석간신문을 펼쳐서 버컨헤드 경의 견해만 읽어도 질문의 답이 나왔습니다. 하지만 그의 견해를 옮겨 적는 수고는 하지 않겠습니다. 잉 주임 사제의 발언도 건드리지 않고 놔두겠습니다. 할리가[56] 전문의의 고함이 메아리쳐도 머리카락 한 올 까딱하지 않을 겁니다. 하지만 오스카 브라우닝[57]의 말은 인용하려 합니다. 한때 케임브리지의 명사였고 거턴과 뉴넘의 학생들에게 시험을 치게 한 인물이었으니까요. 오스카 브라우닝은 〈답안지를 훑어본 인상은, 받을 점수와 무관하게 여학생들 중 1등이 남학생들 중 꼴찌보다 지적으로 열등하다는 것〉이라고 주장하는 경향이 있었습니다. 그 말을 한 뒤 브라우닝은 방으로 돌아가 — 그를 사랑받게 하고, 중량감과 위엄 있는 인간으로 만들어 주는 대목입니다 — 소파에 누워 있는 소년 마부를 발견하고 〈해골바가지였다. 뺨은 움푹 들어가고 치아는 검었고,

---

56 병원들이 밀집한 런던의 거리.
57 Oscar Browning(1837~1923). 영국의 교육자이자 사학자.

팔다리를 제대로 쓰지 못할 것 같았다. (……) 그게 아서
다〉라고 말했습니다. 〈정녕 사랑스럽고 가장 고결하다.〉
늘 이 두 그림은 서로 보완되는 것 같습니다. 또 다행히
이 전기의 시대에 자주 두 그림이 서로 보완되는 덕분에,
우린 위대한 인간들의 견해를 말뿐 아니라 행동으로 해
석할 수가 있습니다.

하지만 그게 지금은 가능하더라도, 중요한 인물들의
입에서 나온 견해는 50년 전만 해도 무시무시했을 겁니
다. 어느 아버지가 고귀한 이유를 대며 딸이 집을 떠나 작
가나 화가나 학자가 되는 걸 못마땅해한다고 가정해 봅
시다. 아버지는 〈오스카 브라우닝의 주장을 보려무나〉라
고 말할 테고, 오스카 브라우닝만 있는 게 아니었습니다.
『새터데이 리뷰』가 있었고, 그레그[58]도 있었습니다. 그는
〈여성 존재의 핵심은 **부양받는다는 것과 남성에게 도움이**
된다는 것〉이라고 강조했습니다. 수많은 남성들의 견해가
여성이 지적으로 아무런 기대도 받지 못하도록 영향력을
발휘했습니다. 부친이 이런 견해들을 읽어 주지 않아도
딸은 직접 읽을 수 있었고, 19세기인데도 이런 글은 그녀
를 주눅 들게 하고 그녀의 작업에 대해 속속들이 명령했
습니다. 언제나 저항해야 할, 극복해야 할 주장이 있었을
겁니다. 넌 이걸 하면 안 된다, 넌 저걸 할 능력이 없다, 라

58 William Rathbone Greg(1809~1881). 영국 에세이 작가.

는. 어쩌면 이제 이 병균은 소설가에게 위세를 떨치지 못합니다. 우수한 여성 소설가들이 많이 배출된 걸 보면 말이지요. 그러나 화가들에게는 확실히 좀 기운을 쓰고, 음악가들에게는 지금도 맹위를 떨쳐 독기가 극에 달한다고 상상해 봅니다. 내가 지은 셰익스피어의 누이 이야기를 떠올리면서 생각했습니다. 닉 그린은 연기하는 여자는 춤추는 개를 연상시킨다고 말했습니다. 2백 년 뒤 존슨은 설교하는 여성들에 대해 같은 표현을 반복했습니다. 지금도 음악 관련 서적을 펼쳐 보면, 서기 1928년인 올해에도 작곡하려는 여성들 대해 똑같은 표현을 쓰는 것을 볼 수 있습니다. 〈마드무아젤 제르맹 타유페르[59]에 대해서는 존슨 박사의 여성 설교자에 대한 발언을 음악 용어로 바꿔 그대로 말하면 됩니다. 「선생, 여성의 작곡은 개가 뒷발로 걷는 것과 유사합니다. 잘되지 않겠지만 그걸 해낸 게 밝혀지면 놀랍긴 하겠지요.」〉[60] 그러니 역사는 정확히 반복됩니다.

해서 오스카 브라우닝의 책을 덮고 나머지를 밀어내면서, 19세기에도 여성은 예술가가 되도록 격려받지 못했구나 하는 결론을 내렸습니다. 오히려 냉대받고 얻어맞

59 Germain Tailleferre(1892~1983). 현대 음악의 어머니로 지칭되는 프랑스 여성 작곡가.
60 세실 그레이, 『현대 음악 개관』, 246쪽 — 원주.

고 잔소리를 듣고 훈계받았지요. 거기에 맞설 필요 때문에, 반대할 필요 때문에 마음을 앓고 기죽었을 게 자명합니다. 여기서 다시 우리는 그 대단히 흥미롭고 애매한 남성의 콤플렉스의 범주 속으로 들어옵니다. 이 콤플렉스는 여성 운동에 대단한 영향력을 발휘해 왔습니다. 여성이 열등해야 하는 게 아니라 남성이 우월해야 한다는 뿌리 깊은 욕망은, 남성을 예술의 전면뿐 아니라 눈 닿는 곳마다 자리하게 만듭니다. 또 남성에게 위험 요소가 희박하고, 탄원자가 겸손하고 헌신적인데도 정치로 가는 길을 차단하지요. 심지어 정치에 열렬했던 레이디 베스버러[61]도 자신을 낮추어 그랜빌 레브슨가워 경[62]에게 이런 편지를 보냈습니다. 〈……제가 정치적으로 격렬하고 그 주제와 관련된 발언을 많이 했지만, 여성은 (요청받으면) 의견을 밝히는 정도일 뿐 정치나 다른 중한 일에 개입하면 안 된다는 귀하의 견해에 전적으로 동의합니다.〉그래서 그녀는 아무 제약도 받지 않는 상당히 중요한 대상에 열정을 쏟습니다. 바로 그랜빌 경의 첫 하원 연설입니다. 확실히 이상한 장면이라고 난 생각했습니다. 남성들이 여성 해방에 반대한 역사가 여성 해방 자체보다 더 흥미

61 Henrietta Ponsonby, Countess of Bessborough(1761~1821). 그녀가 그랜빌 경과 주고받은 서신이 1916년 출판되었다.
62 1대 그랜빌 백작.

롭습니다. 거턴이나 뉴넘의 젊은 학생들이 사례를 수집해서 이론을 도출한다면 재미난 책이 될 겁니다. 하지만 금덩어리를 지키려면 두꺼운 장갑과 쇠막대기가 필요할 거예요.

레이디 베스버러를 덮으면서, 지금은 재미있게 여겨지는 것들이 한때는 심각하게 받아들여졌을 거란 생각이 들었습니다. 지금은 책에 〈수탉 울음〉이라는 꼬리표를 붙인 책에 오려 붙여 두었다가 여름밤 엄선된 청중에게 낭독할 원고로 보관해 두는 견해들이 과거에는 눈물을 쏙 뺐으리라 장담할 수 있습니다. 여러분의 조모와 증조모 중에는 눈이 붓도록 운 분들이 많을 겁니다. 플로렌스 나이팅게일은 괴로워서 비명을 질렀습니다.[63] 더욱이 대학에 다니고 자신의 응접실 — 아니면 그저 원룸일까요? — 을 가진 여러분은, 천재라면 남의 평에 신경 쓰지 않아야 된다고 말할 만합니다. 안타깝게도 타인의 평가에 가장 신경 쓰는 부류는 남녀 천재들입니다. 키츠를 기억해 보시지요. 그가 묘비에 쓴 문구를 떠올려 보십시오.[64] 테니슨을 생각해 보십시오. 안타깝지만 부인할 수 없는 〈타인의 평을 과하게 의식하는 게 예술가의 본성〉이라는 사

63 R. 스트레이치의 『대의』에 나온 플로렌스 나이팅게일의 「카산드라」 참조 — 원주.
64 시인 키츠는 자신의 비문을 〈여기 물에 이름이 쓰인 사람이 잠들다〉라고 지었다.

실을 보여 주는 확실한 예들을 더 말하진 않아도 될 겁니다. 어이없게 남들의 평가를 의식한 이들의 파멸이 문학에 뿌려져 있습니다.

창조적인 작업에 어떤 마음 상태가 가장 적합할까 하는 본래 질문으로 돌아가면서, 그들의 이런 민감한 감수성은 두 배로 불행하다는 생각이 들었습니다. 내면의 전체적인 온전한 작품을 풀어내는 큰일을 해내려면 예술가의 마음은 셰익스피어의 정신처럼 작열할 것이라고 짐작하면서, 펼쳐 놓은 『안토니와 클레오파트라』를 바라봤습니다. 그 정신 안에 장애물 따위는, 태워지지 않은 불순물 따위는 없을 겁니다.

우린 셰익스피어의 마음 상태를 전혀 모른다고 말하지만, 그 말을 하면서 셰익스피어의 마음 상태에 대해 말하고 있습니다. 셰익스피어에 대해 잘 모르는 이유는——던[65]이나 벤 존슨이나 밀턴과 비교할 때 —— 그의 원한, 앙심, 반감이 우리 눈에 보이지 않기 때문입니다. 작가를 연상시키는 〈폭로〉가 보이지 않습니다. 반발하고, 상처를 주장하고, 한을 풀고, 세상을 고난이나 불만의 증인으로 삼으려는 모든 욕망은 훨훨 타서 셰익스피어에게서 빠져나와 전소되었습니다. 그래서 셰익스피어한테서 시는 자유롭고 막힘없이 흘러나옵니다. 작품을 완전하게 표현한 인

65 영국 시인 존 던을 말한다.

간을 뽑는다면 그는 셰익스피어였습니다. 나는 다시 서가
로 눈을 돌리면서 생각했습니다. 막힘없이 작열하는 마음
이 있었다면 바로 셰익스피어의 마음이었다고.

4

16세기에 그런 마음 상태를 가진 여성을 찾기란 확실히 불가능했습니다. 엘리자베스 시대에 묘비를 에워싼 어린 자녀들이 무릎을 꿇고 손을 모은 것만 생각해 봐도 알 수 있지요. 그들의 요절, 어둡고 비좁은 방들이 들어찬 집을 보면, 당시 어떤 여성도 시를 쓸 수 없었다는 걸 깨닫게 됩니다. 상당히 나중에야 어느 지체 높은 귀부인이 비교적 자유롭고 안락한 삶 덕분에 본인 이름을 붙여 무언가를 출판하면서 괴물로 취급될 위험을 감수하리라는 것을 기대할 수 있을 따름이지요. 난 리베카 웨스트의 〈극악한 페미니즘〉을 신중하게 피하면서, 물론 남성들이 속물은 아니라고 생각했습니다. 그들은 대부분 어느 백작 부인이 시를 쓰는 노력을 공감하며 인정합니다. 지체 있는 귀부인은 당시 무명의 오스틴이나 브론테가 받았을 격려보다 더 큰 격려를 받았으리라고 짐작할 수 있습니다. 그러나 두려움과 증오 같은 다른 감정들이 그녀의 마음을 들쑤셨을 테고, 그녀의 시에는 그런 방해를 받은 흔적이 여실히 드러났으리라고 또한 짐작할 수 있습니다. 예를 들어 레이디 윈칠시[66]의 경우가 그렇습니다. 나는 그녀의 시집을 꺼내며 생각했습니다. 그녀는 1661년생으로, 귀족으로 태어나 귀족과 혼인했고 자녀는 없었습니다. 시를 썼고, 시를 펼쳐 보면 여성의 지위에 대해 울분을 토로하는 것을 알 수 있습니다.

> 우리는 얼마나 추락했는가! 잘못된 법에 의해,
> 타고난 우매함보다는 교육의 우매함으로 인해 추락해,
> 모든 정신의 발전이 차단되고
> 아둔하도록 기대되고 만들어졌네.
> 누군가 더 뜨거운 환상과 눌린 야망을 품고
> 나머지 사람들 위로 솟구치려 할 때,
> 반대 파벌은 여전히 너무도 강해 보이므로
> 번성하리라는 희망은 두려움을 이길 수 없네.[67]

그녀의 마음은 결코 〈모든 방해를 전소하고 작열하지〉 않았던 게 분명합니다. 오히려 증오와 울분에 시달리고

---

66 Anne Finch, Countess of Winchilsea(1661~1720). 윈칠시 백작 부인 앤 핀치. 생전에 시집을 출판했다.

67 레이디 윈칠시의 시 「서문」 중에서.

심란합니다. 그녀에게 인류는 두 부류로 나뉩니다. 남성들은 〈반대 파벌〉이고, 증오와 두려움의 대상입니다. 남성들이 그녀가 원하는 일, 즉 글쓰기를 가로막을 권력을 가졌기 때문입니다.

> 애통하여라! 펜대를 놀리려는 자는
> 주제를 모른다고 평가되고,
> 이 결함은 어떤 미덕으로도 가려지지 않네.
> 그들은 우리가 성별과 도리를 착각한다고 말하네.
> 예의범절, 의상, 무도, 몸단장, 놀이가
> 우리가 바라야 되는 일이라고.
> 쓰거나 읽거나 생각하거나 탐구하는 것은
> 우리의 아름다움을 가리고 시간을 허비시키며
> 한창때 누릴 것들을 갖지 못하게 방해한다고.
> 반면 지루한 고역인 집안 살림이 우리의 궁극적인
> 기술이며 쓸모라고.[68]

실로 그녀는 자신이 쓴 글이 출판되지 않으리라 추측하면서 글을 쓰도록 스스로를 고무하고, 서글픈 노래로 마음을 다독여야 했습니다.

---

68 앞의 글.

몇몇 친구들과 그대의 슬픔에게 노래하라.
월계관은 그대에게 주어지지 않았으니,
그대의 그늘에 충분히 어둠을 드리우고, 그대 거기
서 만족하라.[69]

하지만 그녀의 마음이 증오와 두려움에서 놓여나고 괴
로움과 분노가 쌓이지 않았다면, 틀림없이 내면에서 불
꽃이 뜨거웠을 겁니다. 드문드문 순수한 시적 표현이 등
장하거든요.

비할 데 없는 장미를
빛바랜 비단에 희미하게 그리지 않으리.[70]

그런 시구를 머리[71]가 칭송한 것은 합당하고, 포프는
다른 구절들을 기억해서 자신의 시에 활용했다는 말도
있지요.

이제 수선화가 무력한 두뇌를 압도하니

69 앞의 글.
70 레이디 윈칠시의 시 「울화」 중에서.
71 John Middleton Murry(1889~1957). 영국의 문학 평론가.
1928년판 레이디 윈칠시의 시집에 서문을 썼다.

우리는 향기로운 고통 아래서 쓰러지네.[72]

이렇게 쓸 수 있었고 마음을 자연과 사유에 맞추었던 여성이 분노와 고뇌로 밀려나야 했다니, 헤아릴 수 없이 딱했습니다. 하지만 그녀가 어쩔 수 있었을까요? 나는 조소와 웃음, 아첨꾼들의 아부, 직업 시인들의 회의적 태도를 상상하면서 자문해 보았습니다. 그녀는 분명히 글을 쓰려고 시골 방에 틀어박혔을 겁니다. 친절하기 그지없는 남편이 있었고 완벽한 결혼 생활이었지만, 그녀는 고통과 가책으로 찢겼을 테지요. 〈틀어박혔을 겁니다〉라고 말한 것은, 레이디 윈칠시에 대한 사항들을 찾아보면 늘 그렇듯, 아무것도 알려져 있지 않아서입니다. 그녀는 심한 우울증에 시달렸고, 그녀가 우울증에 빠져 어떤 상상을 했는지를 살펴보면 어느 정도 파악할 수 있습니다.

내 시구들은 비난을 받고, 내가 하는 활동은
쓸모없는 바보짓이거나 주제넘는 실수로 여겨지지.

그렇게 비난받는 활동이란, 우리가 아는 한은 들판을 거닐면서 백일몽에 잠기는 무해한 일이었습니다.

72 레이디 윈칠시의 시 「울화」 중에서.

내 손은 비범한 것들을 더듬기를 즐기고
알려진 빤한 길에서 벗어나지.
비할 데 없는 장미를
빛바랜 비단에 희미하게 그리지 않으리.[73]

    이것이 그녀의 습관이고 그녀의 기쁨이었다면, 당연히 비웃음당하겠거니 하고 그녀는 예상할 수 있었을 겁니다. 포프나 게이[74]가 그녀를 〈휘갈겨 쓰고 싶어 몸살 난 파란 스타킹〉[75]이라며 풍자했다고 하지요. 그녀가 게이를 비웃어서 화나게 했다는 설도 있습니다. 그녀는 게이의 『트리비아』가 〈그는 의자에 앉는 것보다 의자 앞에서 걸어다니는 게 더 어울린다〉는 걸 보여 준다고 말했거든요. 하지만 머리는 이 모든 이야기가 〈의심스러운 소문〉에 불과하며 〈흥미롭지 않다〉고 말합니다. 하지만 나는 그에게 동의하지 않습니다. 의심스러운 소문일지언정 더 많이 들어서 이 우울한 귀부인에 대해 알아낼 수 있고 이미지를 만들 수 있으면 좋을 테니까요. 들판을 거닐면서 비범한 것들을 생각하고, 너무나 분별없이 지극히 어리석게도 〈지루한 고역인 집안 살림〉을 경멸했던 그 여성을.

73 앞의 글.
74 John Gay(1685~1732). 영국의 시인, 극작가. 『트리비아, 런던 거리를 걷는 기술』을 썼다.
75 18세기에 여성 지성인이나 문인을 비아냥대던 표현.

그녀의 글이 산만해졌다고 머리는 말합니다. 그녀의 재능은 잡초와 함께 자라나서 가시나무에 잔뜩 에워싸였습니다. 훌륭하고 특출한 재능이라는 것을 드러낼 기회가 없었습니다. 그리하여 난 그녀의 작품집을 서가에 도로 꽂고, 다른 훌륭한 귀부인에게 눈을 돌렸습니다. 램의 총애를 받은, 변덕스럽고 멋진 뉴캐슬 공작 부인 마거릿.[76] 앤보다 연상이지만 동시대인이었습니다. 두 사람은 판이하게 달랐지만, 둘 다 귀족이었고 자식이 없었고 최고의 남편을 만났다는 공통점이 있었습니다. 둘 다 시에 대해 같은 열정을 불태웠고, 같은 이유로 훼손되고 망가졌습니다. 공작 부인의 책을 펼쳐 보면, 똑같은 분노의 토로를 만나게 됩니다. 〈여자들은 박쥐나 올빼미처럼 살고, 야수처럼 노동하고, 벌레처럼 죽는다…….〉 마거릿 역시 시인이 될 수도 있었을 겁니다. 우리 시대에 그런 활동을 했다면, 어떤 운명의 바퀴를 돌려놓았을 테지요. 사실 그 거침없고 풍부하고 교육되지 않은 지성을 무엇이 묶거나 길들이거나 쓸모 있게 문명화시킬 수 있을까요? 그 지성은 운율과 산문, 시와 철학으로 뒤죽박죽 콸콸 쏟아져 나와, 아무도 읽지 않는 4절판과 2절판 도서에 응축되어 있습

---

76 Margaret Lucas Cavendish, Duchess of Newcastle-upon-Tyne(1623~1673). 영국의 귀부인으로, 철학, 과학, 문학 등 다방면에 관심을 가지고 글을 썼다.

니다. 그녀는 손에 현미경을 들어야 했습니다. 아니면 별
을 보고 과학적으로 추론하는 법을 배워야 했습니다. 그
녀의 기지는 고독과 자유 속에서 변질되어 버렸습니다.
아무도 그녀를 신경 쓰지 않았습니다. 아무도 그녀를 가
르치지 않았습니다. 교수들은 그녀의 비위를 맞출 뿐이
었고, 궁정 사람들은 그녀를 야유했습니다. 에저턴 브리
지스[77] 경은 〈궁전에서 성장한 지체 높은 여성에게 흘러
나오는 것치고는〉이라며 그녀의 경박함을 불평했습니다.
그녀는 웰벡[78]에 혼자 틀어박혔습니다.

　마거릿 캐번디시를 떠올리면 얼마나 고독과 격정의 광
경이 연상되는지요! 마치 큰 오이가 정원의 장미와 카네
이션을 전부 뒤덮어 질식시켜 죽게 한 것 같습니다. 〈가장
잘 자란 여성들은 가장 시민다운 정신을 가진 이들〉이라
고 썼던 이가 헛소리를 휘갈겨 쓰고, 점점 모호함과 어리
석음에 빠져 시간을 잠식하다가 결국 그녀가 외출할 때면
사람들이 그녀의 마차로 몰려들어 구경할 정도였다는 것
은 얼마나 큰 낭비입니까! 미치광이 공작 부인은 똑똑한
소녀들을 겁주는 도구가 되었을 겁니다. 공작 부인의 책
을 치우고 도러시 오즈번[79]의 서간집을 펼쳤지요. 오즈번

　77 Egerton Brydges(1762~1837). 영국의 문학사가로, 마거릿 캐번
디시의 『회고록』의 서문을 썼다.
　78 캐번디시의 시골 별장.
　79 Dorothy Osborne(1627~1695). 영국의 귀부인으로, 남편이 된

이 템플에게 보낸 서신에서 공작 부인의 신간을 언급했던 기억이 났습니다. 〈그 가엾은 여자가 넋이 나간게 분명해요. 그러지 않고서야 책을 쓸 만큼, 그것도 운문으로 쓸 만큼 그렇게 터무니없는 짓을 할 리 없지요. 저라면 2주간 잠을 안 잤대도 그러지는 않을 거예요.〉

지각 있고 정숙한 여성이라면 책을 쓸 리 없기에, 공작 부인과는 반대 기질인 예민하고 침울한 성향의 도러시는 아무것도 쓰지 않았습니다. 편지는 거기 포함되지 않았지요. 여성도 부친의 병상을 지키면서 편지를 쓸 수 있었습니다. 남성들이 대화하는 동안 여성은 그들을 방해하지 않고 난롯가에 앉아 편지를 쓸 수 있었지요. 도러시의 서간집을 넘기면서, 교육받지 않고 혼자 지낸 아가씨가 문장을 구성하고 장면을 만드는 재주가 있다니 이상하다는 생각이 들었습니다. 계속되는 그녀의 글을 들어 보십시오.

〈저녁 식사 후 우리가 앉아서 대화를 나누고 있는데, B 씨가 물을 게 있다면서 들어왔어요. 그래서 저는 밖으로 나갔지요. 한낮의 열기를 책을 읽고 일하면서 다 보냈고,

템플에게 보낸 편지들을 묶은 서간집 『도러시 오즈번이 윌리엄 템플에게 보낸 편지들』로 유명하다. 1928년판은 버지니아 울프가 비평문을 썼다.

6시나 7시쯤 집 바로 옆에 있는 공터로 갔답니다. 어린 소녀들이 양과 소를 지키며 그늘에 앉아서 민요를 부르고 있더군요. 저는 그들에게 다가가, 그들의 목소리와 아름다움을 전에 읽은 책의 고대 양치기 소녀들과 비교해 보았어요. 큰 차이가 있긴 했지만, 장담하건대 이 아이들도 그 소녀들만큼이나 말할 수 없이 순수했답니다. 나는 그 아이들에게 말을 걸어 보고, 그 애들을 세상에서 가장 행복한 이들로 만들기 위해 더 이상 필요한 게 아무것도 없다는 걸 깨닫게 되었어요. 하지만 본인들은 그걸 모르고 있었지요. 우리가 대화를 나누는 중 한 아이가 주위를 둘러보다가 자기 소가 옥수수밭에 가 있는 걸 알아채자, 다들 발꿈치에 날개가 달린 듯이 달려가더군요. 저는 그렇게 발이 빠르지 않아서 남아 있었고, 아이들이 소 떼를 집으로 몰고 가는 걸 보고 저 역시 돌아갈 때라고 생각했지요. 식사를 하고 정원으로 가서 정원 옆을 흐르는 작은 시내로 갔어요. 거기 앉아 당신이 곁에 있었으면 하고 바라면서…….〉

그녀 안에 작가의 소질이 있다고 장담할 수도 있었을 겁니다. 하지만 그녀는 〈저라면 2주간 잠을 안 잤대도 그러지는 않을 거예요〉라고 했지요. 글재주가 있는 여성조차 책을 쓰는 게 이상하고 넋 나간 증거라고 믿는 판국이니, 여성의 글쓰기에 대한 시중의 반감이 가늠됩니다. 나는 도러시 오즈번의 얇은 서간집을 서가에 도로 꽂아 넣었습니다. 이제 벤[80]에게 다가갈 차례지요.

벤 여사와 함께 우리는 길에서 아주 중요한 모퉁이를 돕니다. 독자도 비평도 없이 오직 자신의 즐거움을 위해 글을 쓰고, 사저 정원에서 2절판 책들 속에 틀어박힌 고독한 귀부인들과 작별하는 겁니다. 우리는 시내로 나가 보통 사람들과 어깨를 부딪치며 거리를 지납니다. 벤 여사는 평민의 장점인 유머, 생기, 용기를 지닌 중산층 여성이었습니다. 남편의 사망과 자신의 불운한 모험 때문에 기지를 발휘해 생활비를 벌어야 했습니다. 남성들과 동등한 조건에서 일해야 했지요. 열심히 일해서 먹고살 만한 돈을 벌었습니다. 그 사실은 그녀가 실제로 쓴 어떤 작품보다도, 저 훌륭한 「내가 희생시킨 천 명의 순교자들」이나 「사랑은 환상적인 승리 속에 앉았네」 같은 작품보다도 더 중요합니다. 왜냐하면 여기서 마음의 자유, 시간이 흐르는 대로 마음이 원하는 것을 쓸 수 있는 자유의 가능성이 시작되기 때문입니다. 애프라 벤이 그것을 해냈으므로 이제 소녀들은 부모에게 가서 용돈을 주지 않아도 된다고, 자신이 글로 돈을 벌 수 있다고 말할 수 있었습니다. 물론 그 뒤로도 오랫동안 이런 대답을 들었지요. 그

---

80 Aphra Behn(1640~1689). 영국의 시인, 극작가. 문학을 생업으로 삼은 최초의 여성 작가로 꼽힌다.

래, 애프라 벤처럼 살아서 벌겠다고! 죽는 게 낫지! 그리고 전보다 더 문이 요란하게 닫혔습니다. 그 몹시 흥미로운 주제, 남성들이 여성의 정조에 부과한 가치와 그것이 여성 교육에 미친 영향은 여기서 토론거리를 제시합니다. 거턴이나 뉴넘 칼리지의 어느 학생이 이 문제를 파고들면 흥미로운 책이 나올 겁니다. 다이아몬드를 휘감고 스코틀랜드 황무지의 각다귀 떼 속에 앉아 있는 레이디 더들리가 권두 삽화가 될지도요. 저번 날 그녀가 사망하자 『타임스』는[81] 〈세련된 취향과 많은 업적을 이룬 신사는 자애롭고 인심이 좋았지만 종작없이 횡포했다. 그는 아내가 하일랜드의 외진 사냥 별장에서도 정식으로 차려입어야 한다고 주장했다. 그는 아내에게 화려한 보석을 잔뜩 안겼다〉라고 썼고, 계속해서 〈그는 그녀에게 모든 것을 주었다, 늘 어떤 책임도 허용하지 않은 것만 제외하면〉이라고 말했습니다. 그러다가 더들리 경이 뇌졸중을 일으키자 그녀는 남편을 간호하면서 이후 그의 재산을 뛰어난 수완으로 관리했습니다. 그런 종작없는 횡포는 19세기에도 존재했습니다.

하지만 돌아가 봅시다. 애프라 벤은 어쩌면 괜찮은 자질들을 희생했을지 모르지만, 글쓰기로 돈을 벌 수 있음

---

81 조지나 더들리의 부고 기사가 1929년 2월 4일 자 『타임스』에 게재됐다.

을 증명했습니다. 그래서 점점 집필은 단순히 미련하고 넋 나간 짓이 아니라 실질적으로 중요한 것이 되었습니다. 남편이 세상을 떠날 수도 있고, 어떤 불행이 가족을 덮칠 수도 있습니다. 18세기에 수백 명의 여성이 번역이나 글쓰기를 통해 용돈벌이를 하거나 가족을 구제했고, 수많은 소설이 이제는 교과서에서 언급조차 안 되기는 해도 당시 채링크로스 거리[82]의 4페니짜리 상자에서 팔렸습니다. 18세기 후반에 여성들 사이에서 나타난 극적인 정신 활동, 즉 대화, 모임, 셰익스피어 관련 에세이 집필, 고전 문학 번역 등은 여성들이 글쓰기로 돈을 벌 수 있다는 확고한 사실을 토대로 했습니다. 돈을 받지 않으면 하찮게 여겨지는 일이 돈을 받으면 위엄 있는 일이 됩니다. 여전히 〈휘갈겨 쓰고 싶어 몸살 난 파란 스타킹〉이라는 조소를 받겠지만, 여성들의 지갑에 돈을 넣을 수 있다는 점은 부인할 수 없었습니다. 따라서 18세기 말이 되면서 변화가 일었고, 만약 내가 역사를 다시 쓴다면 이 변화를 십자군 전쟁이나 장미 전쟁보다 더 자세히 기술하고 더 중요하게 여길 것입니다. 중산층 여성이 글을 쓰기 시작했습니다. 『오만과 편견』이 중요하다면, 『미들마치』와 『빌레트』와 『폭풍의 언덕』이 중요하다면, 시골 저택에서 2절판 책들과 아첨꾼들 속에 갇힌 외로운 귀족 여성만이

82 서점가로 유명한 런던의 거리.

아니라 일반 여성들이 글을 쓰기 시작했다는 것은 내가 한 시간짜리 강의에서 증명할 수 있는 정도보다 훨씬 더 중요합니다. 그런 선구자들이 없었다면 제인 오스틴, 브론테 자매, 조지 엘리엇은 글을 쓰지 못했을 겁니다. 말로 가 없었다면 셰익스피어가, 초서가 없었다면 말로가 글을 쓰지 못했을 것처럼 말이지요. 또 잊힌 시인들이 길을 만들고 자연의 미개한 언어를 손보지 않았다면 초서는 글을 쓸 수 없었을 테지요. 걸작들은 혼자 외따로 태어나는 것이 아니라, 장구한 세월 한 무리의 집단이 함께 사유한 결과물입니다. 따라서 하나의 목소리 뒤에 집단 경험이 존재하고 있습니다. 제인 오스틴은 패니 버니의 무덤에 헌화해야 했을 테고, 조지 엘리엇은 일라이자 카터,[83] 일찍 일어나 그리스어를 공부하기 위해 침대에 종을 묶을 만치 기개 있던 그 노부인의 짙은 그늘에 경의를 표해야 됐을 겁니다. 여성들에게 마음을 말할 권리를 얻어 준 것은 애프라 벤이니, 모든 여성이 함께 웨스터민스터 사원[84]에 안치되어 있는 — 큰 논란이 일었지만 적절하게도 — 그녀의 무덤에 꽃을 던져야 하겠지요. 은밀하고 남성 편력도 심했지만, 바로 애프라 벤이야말로 내가 오늘 밤 여러분

83 고전 번역가로, 전형적인 〈파란 스타킹〉으로 꼽히며 울프가 초기에 비평한 인물이었다.
84 런던의 성당. 왕들과 유명 작가와 정치가 들의 무덤이 있다.

에게 말하는, 자신의 재기로 연간 5백 파운드를 벌라는 주
장이 환상이 아니도록 만들어 준 장본인입니다.

여기서 우린 19세기 초에 다다랐습니다. 그리고 여기
서 처음으로 나는 온전히 여성들의 작품에 할애된 서가
몇 칸을 발견했습니다. 그런데 책들을 훑어보면서 의문
을 갖지 않을 수 없었습니다. 어째서 극히 드문 예를 제외
하면 모두 소설일까? 본래의 충동은 시였습니다. 〈노래의
거두〉[85]는 여성 시인이었습니다. 프랑스와 영국 양국 다
여성 소설가들 이전에 여성 시인들이 있었지요. 유명한
네 사람의 이름을 보면서 생각해 보았습니다. 조지 엘리
엇과 에밀리 브론테에게 어떤 공통점이 있을까요? 샬럿
브론테는 제인 오스틴을 이해하는 데 완전히 실패한 게
아닐까?[86] 넷 중 한 명도 출산하지 않았다는 사실을 제외
하고는, 이보다 더 조화되지 않는 네 인물이 한방에 모일
수 없을 겁니다. 그 정도가 심해서 그들이 모여 대화하는
장면을 지어 보고 싶은 유혹을 느낍니다. 하지만 이상한
힘에 이끌려, 그들 모두 글을 쓸 때 소설을 써야 했습니
다. 중산층에서 태어난 점과 관계가 있을지 질문해 봤습
니다. 나중에 에밀리 데이비스[87]가 충격적으로 밝혔듯이,

85 기원전 610년에 태어난 그리스 시인 사포를 뜻한다.
86 샬럿 브론테는 오스틴을 폄훼하면서 그녀의 작품 속 인물들의 사
랑에 열정이 결여되어 있다고 주장했다.
87 Emily Davies(1830~1921). 거턴 칼리지 설립자로 여성 참정권

19세기 초에 중산층 가정에 거실이 하나밖에 없었다는 점과 관계있을까요? 여성이 글을 썼다면 공용 거실에서 써야 했을 겁니다. 또 나이팅게일이 〈여성은 자기 것이라고 부를 만한 시간이 (……) 반 시간도 안 된다〉[88]라고 격하게 불평했듯이, 늘 방해를 받았습니다. 그래도 거기서 시나 희곡을 쓰기보단 산문과 소설을 쓰기가 더 쉬웠을 겁니다. 집중력이 덜 요구되니까요. 제인 오스틴은 말년까지 그렇게 글을 썼습니다. 그녀의 조카는 회고록에 이렇게 적었습니다. 〈고모가 이 모든 일을 해낼 수 있었던 게 놀랍다. 고모는 전용 서재가 없었고, 집필은 대부분 거실에서 온갖 소소한 방해를 받으면서 해야 했기 때문이다. 고모는 자신의 작업이 하인들이나 손님들, 가족 외의 사람들에게 의심을 사지 않도록 조심했다.〉[89] 제인 오스틴은 원고를 감추거나 압지 한 장으로 덮어 두었습니다. 19세기 초에 여성이 받은 문학 교육은 성격을 관찰하고 감정을 분석하는 훈련이 전부였습니다. 수 세기 동안 여성의 감수성은 공용 거실의 영향을 받아 훈련되었습니다. 사람들의 감정이 인상을 심어 주었고, 개인적인 관계들이 늘 눈앞에 있었습니다. 따라서 중산층 여성이 글을 쓰

론자, 여성 교육의 선구자였다.

88 플로렌스 나이팅게일의 산문 「카산드라」에 나오는 구절.

89 『제인 오스틴 회고록』, 조카인 제임스 에드워드 오스틴 리 지음 ─ 원주.

게 되면 자연스럽게 소설을 썼던 겁니다. 비록 여기서 말한 유명한 네 여성 중 두 명은 타고난 소설가는 아니었지만요. 에밀리 브론테는 시극을 썼어야 합니다. 조지 엘리엇의 도량 넓은 마음에서 흘러나오는 창작 충동은 역사서나 전기문 집필에 쓰였으면 좋았을 겁니다. 하지만 그들은 소설을 썼습니다. 나는 서가에서 『오만과 편견』을 꺼내면서, 더 나아가 그들이 훌륭한 소설을 썼다고 할 만하다고 중얼댔습니다. 으스대거나 남성들을 속상하게 하려는 게 아니라, 『오만과 편견』은 좋은 책이라고 말할 만합니다. 아무튼 『오만과 편견』을 쓰다가 들켰대도 창피하지 않았을 겁니다. 하지만 제인 오스틴은 경첩이 삐걱대는 걸 다행으로 여겼습니다. 누가 들어오기 전에 원고를 숨길 수 있었으니까요. 제인 오스틴에게는 이 소설을 쓰는 것이 체면을 잃는 일이었습니다. 나는 만약 오스틴이 원고를 손님들이 못 보게 숨겨야 한다고 생각하지 않았다면 더 좋은 소설이 나왔을지 궁금해졌습니다. 살펴보려고 한두 페이지 읽어 봤지만, 그런 상황이 그녀의 작품에 조금이라도 해를 준 징후를 찾을 수가 없더군요. 어쩌면 그게 이 일의 가장 큰 기적일 겁니다. 여기 1800년경에 증오 없이, 고통 없이, 두려움 없이, 반항심 없이, 훈계 없이 글을 쓴 여성이 있었습니다. 나는 『안토니와 클레오파트라』를 보면서 셰익스피어가 바로 그렇게 글을 썼다

105

고 생각했습니다. 흔히 셰익스피어와 제인 오스틴을 비교하는 것은, 두 작가의 마음이 모든 방해물을 일소했다는 의미일 겁니다. 그런 이유 때문에 우리는 제인 오스틴을 알지 못하고 또 셰익스피어를 알지 못합니다. 또 그런 이유 때문에 제인 오스틴은 그녀가 쓴 모든 어휘에 배어 들어 있으며, 셰익스피어 또한 마찬가지입니다. 제인 오스틴이 상황 때문에 어떤 식으로든 시달렸다면, 그것은 그녀에게 부과된 제한된 생활 때문이었을 겁니다. 여성은 혼자 돌아다니는 게 불가능했거든요. 오스틴은 여행을 한 적이 없습니다. 승합차를 타고 런던을 돌아다니거나 혼자 식당에서 점심을 먹어 본 적도 없습니다. 하지만 아마 갖지 못한 것을 바라는 것은 제인 오스틴의 성격이 아닐 테죠. 그녀의 재능과 상황이 서로 맞아떨어졌습니다. 하지만 『제인 에어』를 펼쳐서 『오만과 편견』과 나란히 놓으면서, 나는 샬럿 브론테도 그랬는지는 의심스럽다고 중얼댔습니다.

12장을 펼치니 〈원하면 누구든 나를 비난해도 된다〉라는 구절이 눈에 들어왔습니다. 왜 샬럿 브론테를 비난한다는 걸까? 궁금하더군요. 그래서 페어팩스 부인이 젤리를 만들 때 제인 에어가 지붕에 올라가 멀리 들판을 내다보곤 하는 대목을 읽었습니다. 그러면서 그녀는 갈망했습니다. 바로 이게 그녀가 비난받는 이유였지요. 〈나는 저 끄트머리 너머를 볼 수 있는 시력을 갈망했다. 바쁜 세상, 도시들, 들어 보긴 했어도 보지는 못한 활기 넘치는 지역들까지 닿을 수 있는 시력을. 그리고 내가 누린 것보다 더 많은 실질적인 경험을 욕망했다. 같은 부류의 사람들과 더 많이 교제하고, 여기서 접하는 인물들보다 더 다양한 사람들과 사귀고 싶었다. 난 페어팩스 부인의 장점과 아델의 장점을 귀하게 여겼지만, 그것과 다르고 더 생생한 종류의 장점들이 존재한다고 믿었고, 내가 믿는 것을 눈으로 보고 싶었다.

누가 나를 비난할까? 물론 많은 이들이 그러겠지. 나는 불만이 많다는 평을 들을 것이다. 나도 어쩔 수가 없었다. 안절부절못하는 것이 내 본성 안에 있었다. 그게 나를 닦달해서 때로 고통스러웠다. (……)

인간이 평온함에 만족해야 한다는 것은 헛말이다. 인간은 활동할 거리를 가져야 하고, 그걸 찾지 못하면 만들어 낸다. 수백만 명이 나보다 더 조용한 운명에 처해 있고, 수백만 명이 말없이 운명에 저항하고 있다. 사람들이 흙 속에 묻어 둔 인생 더미에서 얼마나 많은 반감들이 움트고 있는지 아무도 모른다. 여자들은 일반적으로 무척 차분하다고 여겨지지만, 여자들도 남자들과 똑같이 느낀다. 남자 형제들처럼 재능을 위해 훈련이 필요하고, 노력할 마당이 필요하다. 여자들도 남자들처럼 지나치게 엄격한 규제와 답답한 침체 상태에서 고통을 받는다. 그러니 더 혜택을 누리는 동료 인간들이 여자는 푸딩이나 만들고, 양말을 뜨개질하고, 피아노를 치고, 가방에 수나 놓아야 된다고 말한다면 편협한 것이다. 관습이 여성에게 필요하다고 공언한 것 이상을 하거나 배우려는 여자들을 비난하거나 비웃는 것은 경솔한 일이다.

그리하여 나 혼자 있을 때 그레이스 풀의 웃음소리가 자주 들렸다.〉

이것은 어색한 대목이라는 생각이 들었습니다. 그레이스 풀이 불쑥 튀어나오다니 생뚱맞지요. 연속성이 흐트러집니다. 나는 『오만과 편견』 옆에 『제인 에어』를 내려놓으면서 계속 생각했습니다. 이 대목들을 쓴 여성이 제인 오스틴보다 더 천재적이라고 말할 사람도 있을 겁니다. 하지만 반복해서 읽으며 거기 있는 경련과 분노를 알아챘다면, 그녀가 자신의 천재성을 온전하고 완전하게 표현하지 못하리라는 걸 알게 될 것입니다. 그녀의 작품들은 일그러지고 왜곡될 것입니다. 그녀는 차분히 써야 할 대목에서 분노해서 쓸 것이고, 현명하게 써야 하는 대목에서 어리석게 쓰겠지요. 등장인물들에 대해 써야 하는 대목에서 자신에 대해 쓸 것입니다. 그녀는 자기 운명과 전쟁을 치릅니다. 속박당하고 좌절해서 요절하지 않을 도리가 있겠습니까?

잠시 이런 궁리를 해보지 않을 수가 없었습니다. 만약 샬럿 브론테가 연간 3백 파운드를 소유했다면 어떤 일이 벌어졌을까요? 이 어리석은 여성은 자신의 소설들의 판권을 1천5백 파운드에 팔아 버렸습니다. 바쁜 세상, 도시들, 들어 보긴 했어도 보지는 못한 활기가 넘치는 지역들에 대해 더 많이 알았더라면, 더 많은 실질적인 경험을 하고, 같은 부류의 사람들과 더 많이 교제하고, 더 다양한 사람들과 사귀었더라면 어떻게 됐을까요. 앞서 인용한 글에서 그녀는 소설가로서 자신의 결핍뿐만 아니라 당시 여성들의 결핍을 지적합니다. 자신의 천재성을 먼 들판을 홀로 내다보는 데 쏟지 않았더라면 천재성이 얼마나 꽃을 피웠을지 그녀는 알고 있었습니다. 누구보다 잘 알았지요. 경험, 교제, 사귐, 여행이 허용되었더라면 어땠을까요. 하지만 그런 것은 허용되지 않고 제한되었습니다. 『빌레트』, 『에마』, 『폭풍의 언덕』, 『미들마치』 같은 훌륭한 소설들이 점잖은 목사관 생활 이상의 인생 경험이 없는 여성들에 의해 쓰였고, 그 점잖은 집의 공용 거실에서 쓰였으며, 『폭풍의 언덕』이나 『제인 에어』를 쓸 종이를 한 번에 서너 첩밖에 못 사는 형편의 여성들에 의해 쓰였다는 사실을 인정해야겠지요. 그들 중 한 명인 조지 엘리엇은 큰 시련을 겪은 뒤 달아났지만, 그곳은 고작 세인트 존스 우드[90]의 외진 저택이었습니다. 그리고 거기서 그녀는 손가락질하는 세상의 그늘에 자리 잡았습니다. 조지 엘리엇은 〈초대해 달라고 요청받지 않는 한 저는 어느 누구에게도 저를 만나러 오라고 청할 수 없다는 점을 이해해 주시기 바랍니다〉라고 썼습니다. 기혼자와 동거하는 죄를 짓고 있었으니, 스미스 부인이든 누구든 우연히 방문해서 그녀를 만난다면 손님의 현숙함에 해가 되지 않았겠습니까? 사회 관습에 순종하고 〈세상이라는 것에서 소외〉되어야 했겠지요. 그 무렵 유럽의 다른 쪽에는 이 집시, 저 귀부인과 분방하게 살고 있는 한 젊은이가 있었습니다. 그는 전쟁에 나갔고, 인생의 다양한 경험을 제지 없이, 검열받지 않고 선택했습니다. 그 경험들은 이후 그가 책을 쓸 때 멋들어지게 작용했습니다. 톨스토이가 기혼녀와 〈프라이어리〉[91]에서 〈세상이라는 것에서 소외〉되어 살았더라면, 아무리 도덕적인 교훈이 의식을 고양시켰더라도 그는 『전쟁과 평화』를 쓰지 못했으리라는 생각이 들더군요.

하지만 소설을 쓰는 문제와 성별이 작가에게 미치는 영향에 대해 좀 더 깊이 파고들어 볼 수 있을 겁니다. 눈

90 런던 남서부 지역. 조지 엘리엇은 이곳에서 문학 비평가인 조지 헨리 루이스와 함께 살았다. 그는 기혼남으로 정신병을 앓는 아내와 이혼하지 못했고, 그래서 엘리엇은 가족과 친지 사이에서 고초를 겪어야 했다.
91 세인트 존스 우드에서 엘리엇이 살던 집의 이름.

을 감고 소설에 대해 전체적으로 생각해 보면, 소설이란 삶을 거울처럼 비추는 유사성을 지닌 창작물로 볼 수 있을 것입니다. 물론 단순화와 왜곡이 수두룩하지만요. 아무튼 이것은 마음의 눈에 어떤 형태를 남기는 구조물인데, 언제는 사각형으로, 언제는 탑 모양으로 형성되며, 언제는 윙[92]과 회랑이 뻗어 나가고, 언제는 콘스탄티노플의 성 소피아 성당처럼 단단하고 돔형을 띱니다. 나는 몇몇 유명한 소설들을 상기하면서, 이 형태가 그에 맞는 감정을 사람 안에 불러일으킨다고 생각했습니다. 하지만 그 감정은 즉시 다른 감정들과 섞이는데, 〈형태〉는 돌과 돌의 관계가 아닌 인간과 인간의 관계로 조성되기 때문입니다. 그래서 소설은 우리 안에 온갖 적대적이고 대립하는 감정들을 불러일으킵니다. 삶은 삶이 아닌 것들과 충돌합니다. 그래서 소설에 대해 어떤 합의에 이르기가 어렵고, 개인의 편견이 지대한 영향을 미치지요. 한편으로는 〈당신 — 주인공 존 — 은 꼭 살아야 해요, 아니면 난 깊이 절망할 거예요〉라고 느낍니다. 다른 한편으로는 〈어떡해요, 존, 당신은 죽어야겠네요. 책의 형태가 그걸 요구하니까요〉라고 느끼지요. 삶은 삶이 아닌 것과 충돌합니다. 그런데 일부는 삶이기에 우린 그걸 삶으로 판단하지요. 누구는 〈제임스는 내가 가장 혐오하는 타입의 남

92 건물의 옆으로 뻗은 부분.

자야〉라고 말합니다. 혹은 〈이거 완전히 불합리투성이 네〉, 〈난 그런 것은 아무것도 느끼지 못했어〉라고 말하지요. 어떤 유명한 소설이든 되짚어 보면 전체 구조가 무한한 복잡성을 지니고 있습니다. 소설이 아주 많은 종류의 판단들로, 아주 많은 종류의 감정들로 이루어져 있기 때문입니다. 그렇게 구성된 책들이 1~2년 이상 존속된다는 게, 혹은 영국 독자, 러시아 독자, 중국 독자 모두에게 똑같은 의미를 줄 수 있다는 것이 놀랍지요. 종종 소설들은 아주 놀랍게 존속되기도 합니다. 이처럼 드물게 살아남는 경우에(나는 『전쟁과 평화』를 생각했습니다) 그것들을 존속하게 하는 요소는 바로 진실성이라고 부르는 것입니다. 여기서 진실성이란 빚을 갚거나 긴급한 상황에서 도리를 지키는 것과는 무관합니다. 소설가의 경우 진실성이란 독자에게 이것이 진실이라고 믿게 하는 일면입니다. 독자가 이렇게 느끼는 거지요. 그래, 나는 그런 일이 벌어질 수 있다고는 결코 생각해 본 적 없어. 나는 그렇게 행동하는 사람은 본 적이 없어. 그런데 당신은 그렇다고, 그런 일이 벌어진다고 내게 확신을 줬어. 독자는 책을 읽으면서 모든 구절을, 모든 장면을 빛에 비추어 봅니다. 이상하게도 자연은 우리에게 소설가의 진실성이나 허위성을 판단할 수 있는 내적인 빛을 부여하는 듯합니다. 아니면 자연은 가장 비합리적인 기분에 사로잡혔을 때 보이지 않는 잉크로 인간의 마음의 벽에 위대한 예술가들만이 확증해 줄 수 있는 예감을 그려 놓았고, 그것은 천재의 불길에 비추어야만 눈에 보이는 밑그림일지도 모르지요. 그런 작품이 드러나서 생명을 얻는 것을 본 사람은 황홀해서 감탄합니다. 이것이야말로 내가 늘 느끼고 알았고 원했던 거야! 그러면 그는 흥분해서 달아올라 찬양하면서 책을 덮고는 그것을 귀중품인 양, 사는 동안 의지할 지지자라도 되는 양 서가에 꽂지요. 나는 『전쟁과 평화』를 집어서 제자리에 꽂아 넣으며 이렇게 말했습니다. 한편 독자가 시험해 보는 형편없는 문장들은 처음에는 화사한 색감과 현란한 몸짓으로 신속하고 뜨거운 반응을 일으키지만, 거기서 멈춰 버리고 맙니다. 무언가가 그것들의 발전을 억제하는 듯하지요. 또는 빛에 갖다 대면 저쪽 구석의 희미하게 긁적인 자국과 저쪽의 얼룩만 보일 뿐 온전하고 완전한 것은 드러나지 않습니다. 그러면 독자는 실망스러운 한숨을 쉬면서 말하지요. 또 졸작이네. 이 소설은 어딘가에서 실패한 것이지요.

물론 대부분 소설들은 어딘가에서 실패합니다. 지독한 압박하에서 상상력이 휘청거립니다. 통찰력이 혼란을 겪고 더 이상 진실과 허위를 구분하지 못합니다. 더는 매 순간 다양한 능력이 요구되는 힘든 노동을 견지할 힘을 내지 못하지요. 이 모든 게 소설가의 성별과 얼마나 관련이 있을까요? 『제인 에어』와 다른 책들을 보면서 궁금했습니다. 여성이란 사실이 어떤 식으로든 여성 작가의 진실성에 관여할까요? 내가 작가의 진수로 여기는 그 진실성에? 앞서 『제인 에어』에서 인용했던 대목을 보면, 분노가 작가 샬럿 브론테의 진실성에 방해가 된 것이 분명합니다. 그녀는 오롯이 전념해야 하는 이야기에 사적인 분노를 개입시켰습니다. 본인에게 적절한 경험이 부족했던 게 떠올랐지요. 자유롭게 세상을 유람하고 싶었으나 목사관에 박혀 양말이나 꿰매고 있어야 했으니까요. 사적인 분노로 인해 상상력은 빗나갔고, 우린 그것을 느낍니다. 하지만 분노보다, 상상력을 잡아당겨 딴 길로 빠지도록 더 큰 영향을 미친 요소들이 있었습니다. 예를 들면 무지입니다. 로체스터[93]의 초상은 어둠 속에서 그려집니다. 우린 거기서 두려움의 영향력을 감지합니다. 마찬가지로 억압으로 생긴 신랄함과, 샬럿의 열정 밑에서 끓어오르는 파묻힌 고통이 느껴집니다. 그런 훌륭한 작품들을 심한 고통으로 위축시키는 원한 말입니다.

소설은 현실과 상응하므로 소설의 가치는 어느 정도 현실의 가치입니다. 하지만 남성들이 만들어 놓은 가치와 여성들의 가치는 다른 경우가 비일비재할 게 분명합니다. 당연히 그렇지요. 하지만 통용되는 것은 남성의 가

93 『제인 에어』의 남주인공.

치입니다. 대충 말하자면 축구와 스포츠는 〈중요〉하지만, 패션 추종과 의상 구입은 〈시시〉하지요. 그리고 이런 가치관은 삶에서 문학으로 전이될 수밖에 없습니다. 비평가는 이 책은 전쟁을 다루므로 중요한 작품이라고 봅니다. 이 책은 응접실에 있는 여자들의 감정을 다루므로 별 볼 일 없다고 평가합니다. 전투 장면이 상점 장면보다 중요하지요. 어디서나 더욱 교묘하게 가치의 차별이 난무합니다. 따라서 19세기 초 여성들이 쓴 소설의 전반적인 구조는, 곧은 길에서 슬쩍 비껴 나, 외부의 권위를 고려해 자신의 명료한 시각을 변조하는 방식으로 조성되었습니다. 오래전에 잊힌 소설들을 훑어보고 문투를 잘 살펴보면, 작가가 비난에 맞서는 중임을 금방 짐작할 수 있습니다. 그녀는 공격하기 위해 이런 말을 하거나, 회유하기 위해 저런 말을 합니다. 자신이 〈여성에 불과하다〉고 인정하거나 〈남성 못지않게 훌륭하다〉고 항의합니다. 여성 작가는 기질대로 온순하고 수줍게, 또는 분노하면서 강력하게 비난에 맞섰습니다. 어느 쪽이었느냐는 중요하지 않습니다. 그녀가 사물의 본질 이외의 다른 것을 생각하고 있었다는 게 문제입니다. 그녀의 책이 우리의 머리 위로 떨어집니다. 그 복판에 흠집이 나 있습니다. 나는 과수원의 흠집 난 사과처럼 런던의 중고 서점들에 흩어져 있는 여성들의 책을 생각해 보았습니다. 그것들을 썩게 만든 것은 복판의 흠집이었습니다. 그녀는 타인들의 의견을 고려해서 자신의 가치관을 바꾸었던 겁니다.

그들은 오른쪽으로든 왼쪽으로든 움직이지 않을 도리가 없었을 겁니다. 그런 비난에 직면해서, 철저한 가부장제 사회 속에서 주눅 들지 않고 사물을 보이는 그대로 바라보는 시각을 견지하려면 얼마나 많은 천재성이, 진실성이 요구되었을까요. 오직 제인 오스틴과 에밀리 브론테만 그 일을 해냈습니다. 이것은 그들의 또 다른, 어쩌면 가장 멋진 자랑거리입니다. 그들은 남성들이 아니라 여성들이 쓰는 방식으로 썼습니다. 당시 소설을 쓴 1천 명의 여성 중에 그들만이 이걸 써라, 저걸 생각해라, 하고 끝없이 조언하는 선생질을 완전히 무시했습니다. 그들은 계속되는 잔소리에 귀를 닫았습니다. 투덜대는가 하면 선심 쓰는 체하고, 오만하게 굴다가 상심하고, 충격받았다가 화내다가 자애롭게 구는 그 잔소리는 여성들을 가만두지 못했습니다. 지나치게 성실한 가정 교사처럼 옆에 붙어서 에저턴 브리지스 경처럼 세련되게 굴라고 지시했고, 시 비평을 성별 비평으로 끌고 가기도 했습니다.[94] 여성들에게 훌륭해지고 싶고 빛나는 상을 받고 싶

94 〈[그녀는] 추상적인 목적을 갖는데, 그것은 특히 여성에게는 위험한 집착이다. 여성들에게는 남성들 같은 수사학에 대한 건전한 애정이 없기 때문이다. 다른 일들에서는 더 원초적이고 물질적인 여성들이건만 묘하게 그것은 부족하다.〉『새로운 규범』, 1928년 6월 — 원주.

다면 문제의 이 신사가 적정선으로 여기는 한계를 넘지 말라고 훈계하기도 했습니다. 〈……여성 소설가들은 여성의 한계를 용감하게 인정함으로써 우수성을 열망해야 마땅하다.〉[95] 이 말은 문제를 간결하게 드러냅니다. 놀랍게도 이 문장은 1828년 8월이 아닌 1928년 8월에 쓰였습니다. 지금 우리가 보기에는 재미나더라도, 이 문장이 1세기 전에는 훨씬 격하고 큰 대다수의 견해를 표현했다는데 여러분도 동의할 겁니다(나는 그 케케묵은 웅덩이를 휘젓지는 않겠습니다. 다만 어떤 우연으로 내 발치로 떠내려온 것들만 살펴보지요). 1828년에 여성이 그런 호통과 꾸짖음과 상에 대한 약속을 모른 척하려면 퍽 야무진 젊은 여성이어야 했을 겁니다. 자신에게 이렇게 말할 정도로 선동가 기질을 지닌 여성이어야 했을 겁니다. 그렇지만 저들이 문학을 다 사들일 수 있는 건 아니잖아. 문학은 누구에게나 열려 있어. 난 당신이 교구 직원이더라도 날 잔디밭에서 내쫓도록 놔두지 않을 거야. 원한다면 도서관 문을 걸어 잠그라고. 하지만 당신은 내 자유로운 마음에 문이나 자물쇠나 빗장 같은 걸 달 수는 없어.

95 〈만약 이 필자처럼 여성 소설가들이 여성의 한계를 용감하게 인정함으로써 우수성을 열망해야 마땅하다고 믿는다면(제인 오스틴은 이런 의사 표시를 얼마나 우아하게 해낼 수 있는지 보여 주고 있다)…….〉 『라이프 앤드 레터스』, 1928년 8월 — 원주. (이 글의 저자는 울프의 지인이었던 데즈먼드 매카시이다 — 옮긴이.)

하지만 낙담시키고 비판을 퍼붓는 것이 여성들의 글에 어떤 영향을 미쳤든 간에 ── 난 지대한 영향을 미쳤다고 믿습니다 ── 그들이(나는 여전히 19세기 초 소설가들을 염두에 두고 있습니다) 종이 위에 생각을 풀어놓으려 할 때 직면한 다른 어려움에 비하면 별게 아니었습니다. 그들의 배후에 전통이 없었고, 있어도 너무 짧고 부분적이어서 도움이 되지 않았다는 점 말입니다. 왜냐하면 여성들은 어머니들을 통해 거슬러 올라가 생각하니까요. 훌륭한 남성 문인들에게 도움을 구하러 가는 것은 헛짓입니다. 읽는 즐거움을 위해서 갈 수는 있겠지만요. 램, 토머스 브라운, 새커리, 뉴먼, 스턴, 디킨스, 드 퀸시는 누가 됐든 여성을 도운 적이 없었습니다. 여성 작가가 그들의 몇 가지 잔재주를 익혀서 글에 적용했을지 모르지만요. 남성의 마음의 무게, 속도, 걸음은 여성과는 너무나 달라서, 여성은 남성에게서 성공적으로 중요한 것을 얻어 내지 못합니다. 너무 멀리 떨어져 있어서 열심히 흉내를 낼 수도 없는 실정이지요. 아마 그녀가 종이에 펜을 올리고 처음 깨닫게 된 것은, 그녀가 쓸 만한 일반적으로 통용되는 문장이 없다는 사실이었을 겁니다. 새커리, 디킨스, 발자크 같은 훌륭한 소설가들은 자연스러운 산문을, 날렵하지만 경박하지 않고 표현력이 풍부하지만 과하게 격식 차리지 않은 문장을 써왔습니다. 자신만의 색채를 띠면서도 공동의 자산이라고 할 만한 문장이었지요. 19세기 초에 유행한 문장은 이런 식이었습니다. 〈그들의 작품에 깃든 위엄은 그들에게 멈추지 말고 앞으로 나아가라는 논거였다. 예술을 실현하고 진실과 아름다움을 무한히 일구는 것만큼 그들에게 큰 흥분이나 만족감을 주는 것은 없었다. 성공은 노력을 끌어내고, 습관은 성공을 촉진한다.〉 이것은 남성의 문장이고, 배후에 존슨이나 기번, 그 밖의 다른 작가들이 보입니다. 샬럿 브론테는 빛나는 문장 구사력을 가졌지만, 손에 조악한 무기를 들고 비틀대다 넘어졌습니다. 조지 엘리엇은 그걸 들고 형언하기 힘든 큰 실수를 저질렀고요. 제인 오스틴은 그걸 보고 비웃고는, 자신에게 쓸모 있는 가장 자연스럽고 균형 잡힌 문장을 고안하고 계속 견지했습니다. 그래서 샬럿 브론테보다 천재성은 떨어졌지만 훨씬 더 많이 말했습니다. 사실 자유롭고 풍부한 표현은 예술의 핵심이므로, 그런 전통의 결핍, 도구의 부족과 부실은 여성의 글쓰기에 막대한 영향을 끼쳤을 겁니다. 더욱이 책이란 끝에서 끝까지 문장을 이어 붙여 만들어지는 것이 아니라, 이미지의 도움을 빌려 말하자면, 아케이드나 돔 지붕처럼 축조됩니다. 그리고 이 형태 또한 남성들이 사용하기 위해 자신들의 필요에 따라 만든 것입니다. 문장들이 여성이 쓰기에 적합하지 않은 것과 마찬가지로, 서사시나 시극의 형식 역시 여성에게 적합하다고 생각할 이유가 없습니다. 하지만 여성이 작가가 된 즈음, 문학의 옛 형식들은 모두 굳건하게 정해져 있었습니다. 소설만 연조가 짧아 쉽게 다룰 수 있었다는 게 여성이 소설을 쓰게 된 또 다른 이유이겠지요. 하지만 지금에 와서도 그 누가 〈소설〉(나는 이 용어가 부적절하다고 보는 걸[96] 나타내려고 인용 부호를 씁니다)이 여성이 쓰기에 적합한 형식이라고 말할 수 있을까요? 여성이 팔다리를 자유롭게 쓸 수 있게 되면 자신에게 맞는 형태를 만들어 낼 게 확실합니다. 또 꼭 운문으로가 아니더라도 자기 안의 시를 풀어낼 새로운 수단을 강구할 겁니다. 여전히 방출구를 얻지 못한 게 시니까요. 그래서 나는 오늘날 여성은 어떻게 시적인 비극을 5막으로 쓸지 궁리해 봤습니다. 운문으로 쓰려나? 오히려 산문을 쓰려 하지 않을까?

하지만 이것은 미래가 밝아 올 때 해야 할 어려운 질문들입니다. 이 질문들은 그냥 두어야겠습니다. 그것들은 내가 주제에서 벗어나 길 없는 숲으로 들어가서 헤매도록 자극하니까요. 거기서 길을 잃고 말 거고, 아마도 야수들에게 잡아먹히겠지요. 나는 소설의 미래라는 아주 우울한 주제를 끄집어내고 싶지 않고, 또 여러분도 내가 그러길

---

96 소설을 뜻하는 단어 〈novel〉은 〈새로움〉이라는 뜻에서 유래했는데, 이 장르의 명칭이 〈novel〉인 것을 울프가 부적절하게 본다는 뜻이다.

바라지 않을 게 확실합니다. 그러니 잠깐 멈추고, 여러분의 관심을 이 문제로 돌려 보려 합니다. 여성들과 관련해 물리적인 조건이 미래에 수행할 중요한 역할에 대해 살펴봅시다. 책은 어떻게든 육체에 적응해야 하니, 누구는 여성들의 책은 남성들의 책보다 짧고, 밀도 있고, 장시간 방해 없이 작업할 필요가 없도록 형태를 갖춰야 한다고 말할 겁니다. 방해가 늘 있을 테니까요. 또 두뇌에 연결된 신경은 남녀가 다르게 되어 있는 것 같으니, 신경이 가장 잘, 가장 열심히 일하게 하려면 그에 맞는 방식이 무엇일지 방법을 알아내야 합니다. 예를 들어 수백 년 전쯤에 수도사들이 고안해 냈을 이런 장시간의 강의가 신경에 적합한지, 일과 휴식을 어떻게 교대해야 할지, 휴식이 아무것도 하지 않는 것이 아니라 무언가 다른 일을 하는 것을 의미한다면 그 다른 일이란 무엇인지. 이 모든 걸 토론하고 찾아내야 겠지요. 이 모든 게 〈여성과 소설〉이라는 문제의 일부분입니다. 하지만 다시 서가로 가면서 생각했습니다. 여성이 쓴 상세한 여성 심리 연구서를 어디 가야 찾을 수 있을까? 여성들이 축구를 못 한다고 해서 의사가 되는 게 허용되지 않는다면…….

다행스럽게도 이제 내 생각은 다른 쪽으로 옮겨 갔습니다.

5

그렇게 어슬렁대던 끝에 생존한 필자들의 책들이 꽂혀 있는 서가에 이르렀습니다. 여성들과 남성들이 있었지요. 이제 여성 필자의 수가 남성과 엇비슷하니까요. 아니 그게 사실이 아니더라도, 여전히 남성들이 더 말을 많이 한다고 해도, 이제 여성들이 소설만 쓰지 않는 것은 분명한 사실입니다. 제인 해리슨의 그리스 고고학 관련 서적들, 버넌 리의 미학서들, 거트루드 벨의 페르시아 관련 서적들이 있지요. 한 세대 전만 해도 어느 여성도 건드리지 못했을 온갖 주제를 다룬 책들이 있습니다. 시집과 희곡집과 비평서도 있고, 역사서와 전기, 여행서, 학술과 연구 관련서도 있지요. 심지어 철학과 과학과 경제학 서적도 몇 권 있습니다. 소설이 지배적이지만, 소설 자체가 다른 분야 책들과 결합되면서 변했습니다. 여성 글쓰기의 서사시적 시대, 즉 본연의 단순성은 사라졌을 테지요. 독서와 비평이 여성 작가에게 더 넓은 범주, 더 집요한 치밀성을 주었을 겁니다. 자서전을 쓰려는 충동은 이제 소진되었겠지요. 여성은 자기표현 수단이 아닌 예술로서 글을 쓰기 시작하고 있을 겁니다. 이 새로운 소설들 속에서 그런 질문들의 해답을 찾을지도 모르겠습니다.

그런 서적 중 임의로 한 권을 꺼냈습니다. 서가 맨 끝에 있는 메리 카마이클[97]의 『인생 모험』인가 하는 책으로, 바로 이달인 10월에 출간되었습니다. 작가의 데뷔작인가 보다고 중얼댔지만, 우린 이것이 아주 긴 시리즈의 마지막 권이며, 내가 살펴봤던 다른 책들 — 레이디 윈칠시의 시들, 애프라 벤의 희곡들, 위대한 네 작가의 소설들 — 과 연결된 책인 듯이 읽어야 합니다. 우린 책들을 각각 판단하는 습관이 있지만, 책들은 서로 이어지니까요. 또 이 무명의 여성을 내가 앞서 살펴보았던 다른 여성들의 후예로 받아들여서, 그녀가 그들의 어떤 특징과 한계를 물려받았는지 알아봐야 합니다. 그래서 나는 한숨을 내쉬며 — 소설은 많은 경우 해독제보다 진정제를 제공하고, 우리를 타는 불꽃으로 각성시키기보다 멍한 잠에 빠져들

---

97 작가이자 여성 권리 운동가인 메리 스톱스Marie Stopes(1880~1958)의 필명. 그녀는 1928년 〈메리 카마이클Marie Carmichael〉이라는 필명으로 『사랑의 창조』라는 소설을 출간했고, 이 소설에는 실험실을 함께 쓰는 두 명의 여성이 등장한다. 메리 카마이클이라는 이름은 시 「메리 해밀턴의 발라드」에 등장하는 네 명의 메리와도 연결된다(5번 각주 참조).

게 만들기 일쑤이기에 ─ 수첩과 연필을 들고, 메리 카마이클의 첫 소설 『인생 모험』을 파악하기 시작했습니다.

우선 한 페이지를 위아래로 훑어보았습니다. 먼저 문장에 익숙해진 다음 파란 눈이나 갈색 눈, 클로이와 로저 사이에 펼쳐질 관계를 머리에 저장해야지, 라고 중얼댔습니다. 그녀가 손에 잡은 게 펜인지 곡괭이인지 결정되면 그런 부분을 살필 여유가 생기겠지요. 그래서 한두 문장을 입으로 읊어 봤습니다. 곧 무언가 자리 잡히지 않았음이 확연해졌습니다. 문장에서 문장으로 매끄럽게 넘어가는 것이 방해를 받았습니다. 뭔가 찢기고, 뭔가 긁히고, 여기저기서 단어들이 하나씩 내 눈앞에 횃불을 번뜩였습니다. 작가는 옛 희곡에서 말하듯 자신을 〈놓아 버리고〉 있었습니다. 그녀가 켜지지 않을 성냥을 그어 대는 사람 같다는 생각이 들더군요. 난 그녀가 옆에 있기라도 한 것처럼 물었습니다. 제인 오스틴의 문장들은 당신에게 적당한 형태가 아니던가요? 에마와 우드하우스 씨[98]가 죽었다고 문장 모두를 폐기 처분해야 되는 건가요? 그렇다면 슬픈 일이군요. 나는 한숨이 나왔습니다. 모차르트가 한 노래에서 다른 노래로 넘어갈 때처럼 제인 오스틴은 한 멜로디에서 다른 멜로디로 넘어가면서 숨을 돌리는 반면, 이 글을 읽는 것은 돛단배를 타고 바다로 나가는 것 같았

98 제인 오스틴의 소설 『에마』의 등장인물들.

습니다. 파도를 타고 솟구치다가 쑥 가라앉았지요. 이 간결함, 이 숨 가쁜 느낌은 메리 카마이클이 무언가를 두려워한다는 뜻이겠지요. 아마 〈감상적〉이라는 말을 들을까 봐 겁이 났을 겁니다. 혹은 여성들의 글이 꽃처럼 너무 화려하다는 말이 기억나서 가시를 과하게 주입한 거지요. 하지만 조심스럽게 한 장면을 다 읽기 전에는 그녀가 자기답게 표현하고 있는지 남을 흉내 내고 있는지 확신할 수 없지요. 아무튼 인물의 생명력을 위축시키지는 않네요. 찬찬히 읽자니 그런 생각이 들었습니다. 그런데 사실들을 지나치게 많이 쌓고 있군요. 이 정도 분량의 책이라면 그 절반도 살리지 못할 텐데요(『제인 에어』의 절반가량이었습니다). 하지만 어떤 수단을 썼는지 그녀는 우리 모두 — 로저, 클로이, 올리비아, 토니, 빅엄 씨 — 를 강에 뜬 카누에 태우는 데 성공했습니다. 나는 기대앉으면서 말했지요. 잠깐만, 진도가 나가기 전에 전체를 더 찬찬히 뜯어봐야겠는걸.

나는 메리 카마이클이 우리에게 술수를 부리고 있는 게 확실다고 중얼거렸습니다. 마치 지그재그식 철로를 지나는 기차에 타고 있는데, 떨어지리라 예상했던 구간에서 다시 죽 올라갈 때 느끼는 것과 같은 기분이 들었거든요. 메리는 예상되는 순서를 변경하고 있었습니다. 먼저 문장을 깨뜨리더니 이제 배열을 깨뜨리는군요. 좋아요, 깨뜨리기 위해서가 아니라 만들어 내기 위해서라면, 작가에게 그럴 권리가 있지요. 그 둘 중 어느 쪽인지는 그녀가 어떤 상황에 직면하기 전까지는 알 도리가 없습니다. 나는 그녀에게 어떤 상황이 되게 할지 선택할 재량권을 주겠다고 중얼거렸습니다. 원한다면 통조림과 낡은 주전자로 상황을 만들어 내도 좋습니다. 하지만 그녀는 자신이 이걸 어떤 상황이라고 믿고 있다는 것을 내게 확신시켜 주어야 해요. 그리고 상황을 만들면 그것을 감당해야지요. 그녀는 훌쩍 뛰어야 합니다. 그녀가 작가로서 의무를 다한다면, 나도 독자로서 그녀에게 의무를 다하리라 다짐하면서 페이지를 넘겨 읽었는데…… 불쑥 말을 끊어서 미안한데요. 혹시 여기 참석자 중 남성은 없나요? 저기 빨간 커튼 뒤에 찰스 바이런 경[99]이 숨어 있지 않다고 약속합니까? 여자들만 있는 게 확실해요? 그러면 내가 읽은 바로 다음 구절을 말해도 되겠군요. 〈클로이는 올리비아를 좋아했다……〉 놀라지 마세요. 얼굴을 붉히지 말아요. 우리끼리 있는 사회에서는 받아들입시다, 종종 이런 일들이 생긴다는 것을. 때로 여자는 여자를 좋아합니다.

나는 읽었습니다. 〈클로이는 올리비아를 좋아했다.〉

99 래드클리프 홀의 레즈비언 소설 『고독의 우물』의 외설성에 대한 재판을 맡은 판사.

그 순간 나는 얼마나 거대한 변화가 있었는지 번뜩 깨달았습니다. 클로이는 어쩌면 문학사상 처음으로 올리비아를 좋아한 겁니다. 클레오파트라는 옥타비아를 좋아하지 않았습니다. 만약 좋아했다면 『안토니와 클레오파트라』는 얼마나 달라졌을까요! 『인생 모험』에서 좀 벗어난 말입니다만, 『안토니와 클레오파트라』는 터무니없이 단순하고 관습적인 작품이라고 감히 말하겠습니다. 클레오파트라가 옥타비아에게 느끼는 유일한 감정은 질투심입니다. 그녀가 나보다 키가 클까? 머리는 어떻게 꾸밀까? 이이상은 필요하지 않았습니다. 만약 두 여성의 관계가 더 복잡했다면 극이 얼마나 흥미로웠을까요. 문학 작품 속의 멋진 여성들을 얼른 떠올리면서, 모든 여성의 관계가 너무 단순하다는 생각이 들었습니다. 너무 많은 게 생략되고, 시도되지 않았지요. 그리고 내가 읽은 작품들 중 두 여성이 친구로 나온 경우를 기억해 내려고 했습니다. 『기로의 다이애나』[100]에 그런 시도가 있습니다. 물론 라신과 그리스 비극에도 절친한 여성들이 나옵니다. 때로 모녀 사이이기도 하지요. 하지만 예외 없이 이 여성들은 남성과의 관계를 통해서만 드러납니다. 제인 오스틴의 시대까지 문학 작품 속의 멋진 여성들이 전부 남성의 눈에 비친 모습으로만, 그리고 남성과의 관계를 통해서만 조명

100 조지 메러디스의 1885년 작 소설.

되었다는 것은 얼마나 기이한지요. 이는 여성의 삶에서 얼마나 미미한 부분인가요. 성(性)이 코에 걸쳐 준 흑색이나 장밋빛 안경으로 관찰해 봤자, 남성이 뭘 알 수 있겠습니까. 그러니 소설 속에 나타나는 여성의 특성은 놀랍도록 극단적인 아름다움과 공포이고, 여성은 천상의 착함과 지옥 같은 악행을 왔다 갔다 합니다. 사랑에 빠진 남성은 자신의 사랑이 피고 짐에 따라, 사랑이 잘 풀려 가거나 그러지 못함에 따라 그녀를 바라보게 될 테니까요. 물론 19세기 소설가들은 다릅니다. 당시 소설에서 여성은 훨씬 다양하고 복합적인 존재가 됩니다. 실제로 남성들은 어쩌면 여성에 대해 쓰고 싶은 욕망에 이끌려 시극을 저버리고 그에 더 적합한 양식인 소설을 고안하게 된 것인지도 모릅니다. 폭력이 난무하는 시극에서 여성들은 쓸모가 없었으니까요. 그렇더라도 여성이 남성에 대해 잘 모르듯, 여전히 여성에 대한 남성의 인식이 극도로 제한적이고 편파적이라는 점은 분명해 보입니다. 프루스트의 글에서조차 그렇지요.

또 책장을 다시 내려다보면서 계속 생각했습니다. 여성들이 남성들과 마찬가지로 끝없는 가사일 외에 다른데 관심을 갖는다는 점 또한 분명해지고 있다고요. 〈클로이는 올리비아를 좋아했다. 두 사람은 실험실을 함께 사용하고 있었다…….〉 계속 읽으면서 이 두 젊은 여성이 간을 쓸고 있다는 걸 알았습니다. 심한 빈혈증의 치료제인 것 같았습니다. 둘 중 한 명은 기혼자였고 — 아마 맞을 겁니다 — 어린 두 자녀가 있었습니다. 이 모든 부분들이 그간 문학 작품들 속에서는 물론 배제되어야만 했고, 그래서 허구의 여성의 멋진 초상은 지나치게 단순하고 지나치게 단조로웠던 것입니다. 예를 들어 만약 문학에서 남성들이 여성의 연인으로만 등장할 뿐 다른 남성의 친구나 병사나 사상가나 몽상가로 나오는 일은 없었다고 가정해 봅시다. 그러면 셰익스피어의 희곡에서 그들에게 얼마나 작은 배역이 할당되었을까요. 문학이 얼마나 상처를 입었을까요? 아마 오셀로 같은 인물은 대부분 건재하고 안토니 같은 부류도 상당히 남았겠지만, 시저, 브루투스, 햄릿, 리어, 자크는 없었을 겁니다. 문학은 믿을 수 없을 정도로 빈약해졌겠지요. 여성들에게 닫힌 무수히 많은 문들로 인해 문학이 빈약해진 것과 똑같이 말입니다. 원치 않는 결혼을 해서 방 하나에, 하나의 직업에 갇혀 있는 사람을 어떻게 극작가가 충만하고 흥미롭고 진실 되게 묘사할 수 있었을까요? 사랑이 유일한 통역사였지요. 시인은 열정적이거나 신랄해질 수밖에 없었습니다. 그가 〈여성 혐오〉를 선택하지 않았다면요. 그러나 이 경우는 그가 여성들에게 매력이 부족하다는 뜻이었지요.

이제 클로이는 올리비아를 좋아하고, 둘이 실습실을

함께 사용한다면, 그것이 우정을 다채롭고 지속되게 만들 겁니다. 개인적인 관계만이 아니니까요. 메리 카마이클이 글 쓰는 법을 알고 내가 그녀의 문체의 어떤 특징을 즐기기 시작했다면, 확실히 모르지만 그녀가 자기만의 방을 가졌다면, 그녀가 연간 5백 파운드를 가용할 수 있다면 — 아직 밝혀지지 않은 부분이지요 — 대단히 중요한 일이 일어났다는 생각이 들었습니다.

클로이가 올리비아를 좋아하는데, 이것을 메리 카마이클이 표현할 줄 안다면, 그녀는 아직까지 아무도 가보지 않은 거대한 방에 횃불을 밝힐 겁니다. 사람들이 어디로 들어가는지도 모르는 채 초를 들고 아래위를 비추면서 발을 내딛는 구불구불한 동굴처럼, 그곳은 희미한 빛과 짙은 그늘로 덮여 있습니다. 나는 책을 다시 읽기 시작했고, 올리비아가 선반에 단지를 올려놓으며 아이들이 있는 집에 가야 할 시간이라고 말하는 것을 클로이가 지켜보는 대목을 읽었습니다. 그리고 그것은 세상이 시작된 이후 본 적 없는 광경이라며 감탄했지요. 나 역시 큰 호기심을 가지고 지켜봤습니다. 메리 카마이클이 그 전대미문의 몸짓들을 포착하기 위해 어떻게 작업하는지 보고 싶었기 때문입니다. 남성의 변덕스러운 색안경의 불빛 없이, 여성끼리 있을 때 절로 형성되는 무언의 혹은 에두른 언어를 어떻게 포착하는지 말이지요. 천장에 번지는 나방들의 그림자보다도 희미한 그 언어를. 나는 계속 읽으면서 말했습니다. 그녀가 이 일을 해내려면 숨을 멈추어야 할 거야. 왜냐하면 여성들은 명백한 동기가 없는 관심은 무척 의심하니까요. 숨기고 억누르는 데 이골이 난 나머지, 자신을 지켜보는 눈길을 얼핏 받기만 해도 달아나 버리니까요. 나는 메리 카마이클이 거기 있기라도 한 듯 중얼거렸습니다. 당신이 이걸 할 수 있는 유일한 방법은 다른 어떤 것에 대해 말하는 것이라고요. 계속 창밖을 응시하면서 기록하라고요. 수첩에 연필로 쓰지 말고, 속기로 가장 짧게, 거의 음절이 나뉘지 않은 단어들로 기록하는 거지요. 백만 년간 바위 그늘 아래 있던 생명체인 올리비아가 자신에게 내리쬐는 빛을 느끼고 이상한 음식 ─ 지식, 모험, 예술 ─ 이 다가오는 걸 볼 때에 어떤 일이 벌어지는지를. 나는 다시 책장에서 눈을 들면서 생각했습니다. 그녀는 그것을 향해 손을 내밀고, 다른 목적을 위해 고도로 계발된 자신의 역량을 완전히 새롭게 조합시키는 방식을 찾아야 한다고요. 그래야 복잡 미묘하고 정교한 전체 균형을 망치지 않으면서 기존 것에 새로운 것을 흡수시킬 수 있지요.

그런데 어쩌나, 내가 하지 않기로 결심했던 일을 해버리고 말았네요. 생각 없이 나의 성(性)을 칭찬해 버리고 말았군요. 〈고도로 계발된〉, 〈복잡 미묘한〉 같은 표현이

칭찬임을 부인할 수 없고, 자신의 성을 칭찬하는 일은 늘 의심스럽고 어리석기 일쑤입니다. 더욱이 이런 경우 어떻게 그 말들을 정당화할 수 있을까요? 지도를 펼치며 콜럼버스가 아메리카 대륙을 발견했고 콜럼버스는 여성이었다고 말할 수도 없는 노릇이지요. 사과를 들고 뉴턴이 중력 법칙을 발견했으며 뉴턴은 여성이었다고 말할 수도 없었지요. 하늘을 올려다보면서 머리 위로 비행기가 날아가고 있고 비행기는 여성이 발명했다고 말할 수도 없고요. 여성들의 크기를 정확히 잴 눈금이 벽에 새겨져 있지 않잖아요. 어머니의 현명함, 딸의 효심, 자매의 의리, 가정부의 능력을 측정할 눈금이 정확히 표시된 1야드 자가 있는 것도 아니지요. 지금까지도 대학에서 성적을 받아 본 여성이 없다시피 합니다. 전문직, 육군과 해군, 상업, 정치, 외교 부문의 중요한 시험을 치러 보지도 못했습니다. 지금 이 순간에도 여성들은 여전히 거의 분류되지 않은 채로 남아 있습니다. 하지만 예를 들어 홀리 버츠[101]에 대해 사람이 알려 줄 수 있는 내용을 다 알고 싶다면, 『버크』나 『더브렛』[102]을 펼쳐 보면 됩니다. 그가 어느어느 학위를 취득했고, 어떤 저택을 소유하고 있으며, 상속자가 한 명 있고, 어느 기관의 대신이었고, 캐나다에서 영국

101 울프가 제시한 가상의 인물.
102 둘 다 영국의 귀족 연감.

을 대표했으며, 여러 학위와 공직과 훈장, 그리고 그의 공적이 영원히 각인된 수훈 들을 수없이 받았다는 것을 알 수 있습니다. 홀리 버츠 경에 대해 그보다 더 잘 알 수 있는 이는 오직 하느님뿐일 겁니다.

따라서 내가 여성들을 〈고도로 계발된〉, 〈복잡 미묘한〉이라고 표현할 때, 나는 내 말을 『휘태커』[103]나 『더브렛』이나 대학 캘린더에서 증명할 수가 없습니다. 이 난처한 상황에서 뭘 할 수 있을까요? 나는 다시 서가를 바라보았습니다. 전기문들이 있었습니다. 존슨, 괴테, 칼라일, 스턴, 쿠퍼, 셸리, 볼테르, 브라우닝을 비롯해 많은 인물들의 평전이 있었습니다. 나는 위인들에 대해 생각하기 시작했습니다. 이들은 이런저런 이유로 여성을 찬미하고, 흠모하고, 여성과 동거하고, 비밀을 털어놓고, 사랑을 나누고, 저술 주제로 삼고, 신뢰했지요. 이성을 필요로 했으며 의존했다고밖에 설명할 수 없는 행태를 보였습니다. 나는 이 관계들이 전부 플라토닉했다고 단언하지는 않겠습니다. 아마 윌리엄 조인슨 힉스 경[104]도 부정하겠지요. 하지만 이 걸출한 인물들이 이성과의 결합에서 위안과 아부와 육체적 쾌락만 얻었다고 주장한다면 큰 착각일

103 휘태커 연감. 1868년부터 현재까지 영국에서 출간되는 연감으로, 세계 각국의 정치, 경제, 인구, 일반 통계 등 정보가 수록된다.

104 William Joynson Hicks(1865~1932). 영국 보수당 소속 정치가. 내무 장관 역임 시 래드클리프 홀의 『고독의 우물』을 금서로 지정했다.

겁니다. 그들은 동성에게서 얻지 못하는 것을 얻었음이 분명합니다. 또 시인들의 과장된 표현을 인용할 것도 없이, 그것을 어떤 자극, 이성만이 줄 수 있는 선물에 담긴 새로워진 창의력으로 정의해도 경솔하지 않을 겁니다. 나는 생각했습니다. 이 남성이 거실이나 아이 방의 문을 연다면, 여성은 아마 자녀들 속에 있거나 무릎에 자수 도구를 두고 있는 채일 겁니다. 아무튼 그녀는 그와 다른 삶의 질서와 체제의 중심에 있고, 이 세계와 그의 세계인 법정이나 의사당 같은 곳의 대조는 즉시 기분 전환과 원기를 가져다주겠지요. 이어지는 극히 소박한 대화에서도 자연스러운 견해의 차이가 드러나, 그의 내면에서 말라버린 아이디어들이 새로이 생명력을 얻을 겁니다. 그와는 다른 수단으로 창조하는 그녀를 보니 창의력이 샘솟아, 무감각하게 굳은 정신이 다시 구상에 들어갈 겁니다. 그가 그녀에게 오기 위해 모자를 쓸 때는 떠오르지 않던 구절이나 장면을 찾게 될 거고요. 모든 존슨은 스레일[105]을 가졌고, 이런저런 이유로 그녀에게 꼭 매달립니다. 그러다 스레일이 이탈리아인 음악 선생과 결혼하자, 존슨은 분노와 역겨움으로 반쯤 넋이 나갑니다. 단지 스트레텀[106]에서 보내는 유쾌한 저녁이 아쉬워서가 아니라, 인

---

105 Hester Thrale(1740~1821). 웨일스 출신의 저술가로, 새뮤얼 존슨의 여자 친구였다.

생의 빛이 〈꺼져 버린 듯〉할 테니까요.

그리고 존슨 박사, 괴테, 칼라일, 볼테르가 아니더라도, 비록 이 대단한 인물들과는 아주 다르긴 하겠지만, 우리는 여성들의 이 복잡다단함과 이 고도로 개발된 창의력의 본질을 느낄 수 있습니다. 한 여성이 방에 들어갑니다. 하지만 여성이 방에 들어가서 생긴 일을 그녀가 말할 수 있으려면, 그 전에 영어의 자원이 훨씬 더 늘어나고 모든 어휘들이 날개를 달고 정해지지 않은 방향으로 날아가 새롭게 태어나야 할 겁니다. 방들은 각각 모두 다릅니다. 조용한 방도 있고, 천둥이 치는 방도 있으며, 바다를 향해 있는 방도 있고, 반대로 감옥 마당을 바라보고 있는 방도 있습니다. 빨래가 걸려 있는 방도 있고, 오팔과 비단으로 꾸민 방도 있으며, 말총처럼 뻣뻣하거나, 깃털처럼 보드라운 방도 있을 겁니다. 어느 거리의 어느 방이든 들어가면, 극도로 복잡다단한 여성성의 힘이 얼굴로 날아듭니다. 어떻게 그러지 않겠습니까? 여성들은 수백만 년 동안 방에 박혀 살았으니, 지금은 벽마다 그들의 창의력이 스며들어 있습니다. 그 힘을 벽돌과 모르타르가 감당하지 못하기에, 이제는 그것을 펜과 붓과 사업과 정치에 연결시켜야 합니다. 하지만 이 창의력은 남성들의 창의력과 아주 다릅니다. 그래서 그것이 방해받거나 낭비되면 천

106 런던의 한 구역.

만 번 통탄할 일이 될 거라고 결론지어야 합니다. 왜냐하면 이 능력은 수 세기에 걸친 맹렬한 단련으로 얻은 것이고, 그것을 대신할 만한 것이 없기 때문입니다. 여성들이 남성들처럼 글을 쓰거나 남성들처럼 산다면, 여성들이 남성들 같아 보인다면, 그것 역시 천만 번 통탄할 일이 되겠지요. 세상이 넓고 다양한 것을 고려하면 양성으로도 몹시 부족한 마당에, 하나의 성으로만 어떻게 꾸려 가겠습니까? 유사성보다 차이를 끌어내 강화하는 게 교육이어야 하지 않겠습니까? 현재로도 우린 너무나 비슷하므로, 어느 탐험가가 귀환하면서 다른 나뭇가지 사이로 다른 하늘을 보는 다른 성들에 대한 어휘를 가져온다면, 인류에게 최대 공헌을 한 셈이 될 겁니다. 그러면 우리는 X 교수가 자신의 〈우월성〉을 증명하려고 잣대를 가지러 달음질치는 광경을 지켜보는 크나큰 즐거움을 누릴 테고요.

나는 여전히 그 페이지와 약간의 거리를 유지하면서, 메리 카마이클이 그저 관찰자로서 자신의 작품을 다듬어 갈 것이라고 생각했습니다. 나는 그녀가 사색적인 소설가가 아니라, 내게는 덜 흥미로운 부류인 자연주의 소설가가 되고픈 유혹을 느낄까 봐 두렵습니다. 그녀가 관찰해야 할 새로운 사실들이 아주 많거든요. 그녀는 더 이상 중산층의 점잖은 집에 박혀 있지 않아도 됩니다. 그녀는 친절이나 선심이 아니라 동류의식을 가지고 향기 나는 작은 방에 들어갑니다. 거기 매춘부, 탕녀, 퍼그를 안은 부인이 앉아 있습니다. 이들은 남성 작가가 강제로 어깨에 여며 준 투박한 기성복을 입고 있습니다. 하지만 메리 카마이클이 가위를 꺼내서, 헐렁하고 튀어나온 부분을 딱 맞게 만들 겁니다. 그럴 때 이 여성들의 모습을 지켜보는 것은 호기심을 끄는 광경이겠지만, 우리는 더 기다려야 합니다. 메리 카마이클은 여전히 우리의 성적 야만의 유산인 〈죄〉 앞에서 자의식에 방해받고 있을 테니까요. 그녀는 계층이라는 허울만 남은 낡은 족쇄를 아직도 차고 있을 겁니다.

하지만 대개의 여성은 탕녀도 매춘부도 아닙니다. 또 여름 오후 내내 칙칙한 벨벳을 입고 퍼그를 안은 채 앉아 있지도 않지요. 그렇다면 그들은 뭘 할까요? 상상 속에서 강의 남쪽 어딘가의 긴 거리가 보였습니다. 주택들이 끝없이 이어져 있고, 주민이 무척 많았습니다. 마음의 눈에 연로한 부인이 딸로 보이는 중년 여성의 팔을 잡고 길을 건너는 장면이 보였습니다. 두 사람 다 조신한 구두를 신고 모피를 두른 걸 보면, 오후의 성장이 하나의 의식이었겠지요. 옷은 해마다 여름 몇 달 동안 장뇌와 함께 장롱에 간수했을 겁니다. 해마다 그랬던 것처럼, 그들은 가로등에 불이 켜질 무렵 길을 건넜습니다(그들이 가장 좋아하는 시간이 해 질 녘이니까요). 노부인은 여든 살에 가깝습니다. 누군가 그녀에게 삶이 무엇을 의미하는지 묻는다면, 그녀는 발라클라바 전투[107] 때 거리마다 불이 켜졌던 기억이 난다거나, 에드워드 7세의 탄생일에 하이드파크에서 축포 쏘는 소리를 들었다고 대답할 겁니다. 그래서 질문자는 날짜와 계절을 특정하고 싶어서, 1868년 4월 5일이나 1875년 11월 2일에 무슨 일을 했느냐고 묻습니다. 그러면 노부인은 애매한 표정을 지으면서 아무것도 기억할 수가 없다고 말하겠지요. 언제나 저녁 식사를 준비하고, 설거지를 하고, 아이들을 등교시키고, 세상에 내보냈으니까요. 그중 아무것도 남아 있지 않습니다. 전부 사라져 버리지요. 어떤 전기문이나 역사서도 그런 일은 한마디도 언급하지 않습니다. 그리고 소설은 의도하지 않아도 필연적으로 거짓말을 하지요.

나는 메리 카마이클이 옆에 있기라도 한 듯이, 이런 무한히 애매한 인생사들을 기록으로 남겨야 한다고 말했습니다. 그리고 생각에 잠긴 채 계속 런던 거리를 지나면서, 상상 속에서 그 무언의 압력을, 기록되지 않은 삶들이 쌓여 있는 것을 느꼈습니다. 그것이 길모퉁이에서 반지가 파묻힌 퉁퉁한 손을 허리에 걸치고 서서, 셰익스피어의 활발한 대사라도 읊듯 몸짓을 하며 이야기를 하는 저 여성들의 삶이든. 혹은 제비꽃 장수, 성냥 장수, 문간에 자

107 1854년 크림 전쟁 당시 영국이 러시아와 벌여 승리를 거둔 전투.

리 잡은 쭈그렁 할멈의 삶이든, 혹은 태양과 구름 속을 흐르는 파도처럼, 오가는 남녀나 상점 진열창의 명멸하는 불빛에 눈짓하는 떠도는 소녀들의 삶이든. 나는 메리 카마이클에게, 손에 횃불을 꼭 쥐고 이 모든 것을 탐구해야 할 거라고 말했습니다. 무엇보다 자신의 영혼의 깊은 곳과 얕은 곳을, 허영심과 관대함을 환하게 밝혀 보고, 자신의 아름다움 혹은 수수함이 자신에게 어떤 의미인지 이야기해야 한다고요. 또 인조 대리석 바닥이 깔린 포목점 상가를 따라 약종상의 병들에서 흘러나오는 희미한 냄새 속에 장갑, 구두, 온갖 잡동사니들이 위아래로 흔들리는 그런 변화무쌍한 세계가 당신과 어떤 관계를 맺고 있는지 말해야 한다고요. 나는 상상 속에서 어느 상점으로 들어갔습니다. 흑백 바닥이 깔려 있었고, 색색의 리본들이 아찔하고 아름답게 걸려 있었지요. 나는 메리 카마이클도 지나가면서 그것을 봤으리라 생각했습니다. 안데스산맥의 눈 덮인 봉우리나 바위투성이 계곡만큼이나 글로 쓰기에 적합한 광경이니까요. 그리고 카운터 뒤에는 한 아가씨가 있었습니다. 나는 나폴레옹의 150번째 전기나 Z 교수와 그 무리가 지금 집필 중인 키츠와 그가 사용한 밀턴의 어순 도치에 대한 70번째 연구보다는 차라리 이 아가씨의 진실된 역사를 쓰고 싶습니다. 그때 나는 몹시 조심스럽게 발끝으로 걸어갔습니다(나는 워낙 겁이 많아서, 어깨에 채찍질을 당할 뻔했던 때처럼 혹시 채찍이 날아들까 두려웠지요). 그리고 그녀가 남성의 허영심을 — 특성이라고 말할까요? 그게 덜 모욕적인 단어이니 — 비꼬지 않고 비웃는 법을 배워야 한다고 중얼댔습니다. 사람의 뒤통수에는 본인은 볼 수 없는 동전만 한 크기의 점이 있으니까요. 뒤통수의 그 동전만 한 크기의 점을 묘사해 주는 것은 한 성이 다른 성에게 베풀 수 있는 한 가지 호의입니다. 여성들이 유베날리스[108]의 코멘트로, 스트린드베리[109]의 비평으로 얼마나 도움을 받았는지 생각해 보십시오. 아주 초창기부터 남성들이 어떤 인간애와 총명함으로 여성들에게 뒤통수의 검은 부분을 지적해 왔는지 생각해 보세요! 메리가 대단히 용감하고 대단히 정직하다면, 그녀는 남성의 뒤로 가서 거기서 발견한 것을 우리에게 말해 줄 겁니다. 여성이 그 동전만 한 점을 묘사한 뒤에야 비로소 남성의 진정한 모습이 전체적으로 그려질 수 있습니다. 우드하우스와 캐서번[110]은 바로 그 반점의 크기와 특성을 보여 주는 인물들이지요. 물론 누구든 지각이 있다면, 그녀에게 의도적으로 계속 비웃고 조롱하

108 Decimus Junius Juvenalis(55~140). 로마 제국의 정치와 사회를 풍자한 시인.

109 August Strindberg(1849~1912). 스웨덴 극작가.

110 우드하우스는 제인 오스틴의 소설 『에마』의 등장인물이며, 캐서번은 조지 엘리엇의 소설 『미들마치』의 등장인물이다.

라고 조언하지는 않을 겁니다. 문학은 그런 정신으로 쓴 글은 무익하다고 가르쳐 줍니다. 그저 진솔해지라고 하지요. 그러면 놀라울 만큼 흥미로운 결과를 얻게 될 거라고요. 희극은 풍성해질 것이고, 새로운 사실들이 드러날 겁니다.

하지만 이제 다시 책장을 내려다볼 때가 됐습니다. 메리 카마이클이 무엇을 쓸 수 있고 써야 할지 궁리하는 것보다는, 뭘 썼는지 보는 게 더 나을 테니까요. 그래서 나는 다시 읽기 시작했지요. 내가 그녀에게 어떤 불만을 느꼈던 사실이 기억났습니다. 그녀는 제인 오스틴의 문장을 완전히 부숴 버렸고, 그리하여 나의 손색없는 취향, 까다로운 귀를 과시할 기회를 주지 않았습니다. 내가 두 사람 사이에 어떤 유사성도 없다고 인정해야만 했을 때, 〈맞아, 맞아요, 이거 아주 괜찮네요. 하지만 당신보다 제인 오스틴이 훨씬 잘 썼지요〉라고 말해 봤자 아무 소용 없으니까요. 그러더니 그녀는 더 나아가 연속성 — 예상되는 순서 — 을 깨뜨렸습니다. 어쩌면 그녀는 여성들이 글을 쓸 때 그러하듯이, 무의식적으로 연속성을 깨뜨리면서 그저 사물에 자연스러운 질서를 부여한 것인지도 모릅니다. 하지만 결과는 좀 당황스러웠습니다. 파도가 커지는 게, 위기가 다음 모퉁이를 돌아 다가오는 게 보이지 않았습니다. 따라서 나는 감정의 깊이도, 인간 심성에 대한 심오한 지식도 뽐낼 수가 없었습니다. 내가 사랑과 죽음에 대해 평범한 곳에서 평범한 것을 느끼려고 할 때마다, 성가신 존재가 핵심은 조금 앞에 있다는 듯이 나를 끌어당겼습니다. 그리하여 그녀는 내가 〈기본 감정〉, 〈보편적 인간애〉, 〈심성의 깊이〉에 대한 멋진 구절들과, 아무리 약삭빨라 보이는 인간이라도 속은 무척 진지하고 심오하고 인간적이라는 우리의 믿음을 지탱해 주는 다른 구절들을 읊을 수 없게 만들었습니다. 그녀는 인간은 진지하고 심오하며 인간적인 것이 아니라 — 훨씬 끌리지 않는 생각이었지만 — 그저 나태하고 판에 박혔을 뿐이라고 느끼게 만들더군요.

하지만 계속 읽으면서 어떤 다른 사실들을 감지했습니다. 그녀가 〈천재〉가 아닌 것은 자명했습니다. 레이디 윈칠시, 샬럿 브론테, 에밀리 브론테, 제인 오스틴, 조지 엘리엇 등 쟁쟁한 선배들 같은 자연에 대한 사랑, 격렬한 상상력, 열광적인 시, 뛰어난 재치, 깊은 지혜를 갖추지는 못했습니다. 그녀는 도리어 오즈번처럼 운율감과 기품이 있는 글을 쓰지는 못했습니다. 사실 10년 뒤면 출판업자들이 그녀의 책들을 폐기 처분할 게 분명한, 그저 영리한 여성이었지요. 그럼에도 메리는 불과 반세기 전의 더 뛰어난 재능을 가진 여성들에게 없던 장점을 누렸습니다. 이제 남성들은 그녀의 〈반대 파벌〉이 아니었습니다. 그녀는 그들을 욕하느라 시간을 낭비할 필요가 없었습니다. 지붕에 올라가서 자신이 누리지 못했던 여행, 경험, 세상과 사람들에 대한 지식을 갈망하며 마음의 평화를 망칠 필요가 없었습니다. 두려움과 증오는 거의 사라지거나, 자유의 환희를 살짝 과장하는 데서만 자취를 드러냈습니다. 또 남성을 대할 때 로맨틱하기보다 신랄하고 풍자적이 되는 경향에서만 그 흔적이 드러났지요. 그러니 그녀가 소설가로서 높은 위상의 자연스러운 특혜를 누렸음은 의심할 수 없었습니다. 메리는 무척 폭넓고 진지하고 자유로운 감수성의 소유자였습니다. 그 감수성은 거의 감지 못할 접촉에도 반응했습니다. 노천에 새로 세워 둔 식물처럼 다가오는 온갖 시선과 소리에 흠뻑 취했지요. 그 감수성은 거의 알려지거나 기록되지 않은 것들 속으로 무척 미세하고 독특하게 퍼져 나가서, 소소한 것들을 조명해 그것들이 결코 소소하지 않음을 드러냈습니다. 묻혀 있던 것들을 조명해 그것들을 애초에 묻을 필요가 있었는지 의구심을 갖게 했습니다. 그녀는 서툴렀습니다. 또 새커리나 램처럼 펜을 쓱쓱 놀려 듣기 좋은 구절을 만드는 유구한 전통을 무의식적으로 발휘하지도 못했습니다. 그런데도 그녀는 첫 번째 중요한 교훈을 습득했다고 나는 생각하게 되었습니다. 여성으로서 썼지만 〈여성인 것을 잊은 여성〉으로서 썼기에, 책장마다 성을 의식하지 않을 때만 생기는 독특한 성적 특징이 넘쳐 났습니다.

이것은 환영할 일이었습니다. 하지만 그녀가 일시적이고 개인적인 것들을 재료 삼아 굳건하게 남을 튼튼한 건축물을 짓지 못한다면, 풍성한 감각이나 인지력이 무슨 소용이겠습니까. 나는 메리가 어떤 〈상황〉에 직면할 때까지 기다리겠다고 말했었지요. 그 말의 의미는, 그녀가 부르고 손짓하고 한데 그러모아서 그저 겉만 훑어보는 것이 아니라 깊은 곳까지 속속들이 들여다봤다고 입증할 때까지 기다리겠다는 뜻이었습니다. 어느 순간에 그녀는 스스로에게 말하겠지요. 이제 어떤 격렬한 일을 벌이지 않고도 이 모든 것의 의미를 보여 줄 수 있는 시점이 왔다고요. 그리고 그녀는 손짓해 부르기 시작할 테고 ─ 그 활기는 얼마나 생생할까! ─ 반쯤 잊힌, 아마도 다른 챕터에 떨어뜨렸던 무척 사소한 것들이 기억 속에서 솟아오를 겁니다. 그녀는 누군가 바느질을 하거나 파이프 담배를 피우는 동안 최대한 자연스럽게 그것들의 존재를 부각시킬 겁니다. 그리고 그녀가 글을 계속 써 나갈 때, 우리는 세상 꼭대기에 올라 장엄하게 펼쳐진 아래를 바라보는 기분을 느끼게 될 겁니다.

아무튼 그녀는 시도하고 있었습니다. 시험을 치르기 위해 계속 나아가는 메리를 지켜보다가, 나는 그녀가 보지 않았더라면 좋았을 것을 보았지요. 그녀에게 고함치

고 경고하고 조언하는 주교, 교무원장, 박사, 교수, 가장,
교사 들 말입니다. 이 일은 못 해, 저 일은 하면 안 돼! 연
구원과 학자 들만 잔디밭에 출입할 수 있습니다! 숙녀들
은 소개장이 없으면 들어갈 수 없습니다! 포부 있고 품위
있는 여성 소설가들은 이쪽으로! 그들은 경마장 울타리
에 모인 군중처럼 그녀를 닦달했고, 좌우를 돌아보지 않
고 울타리를 뛰어넘는 것이 그녀가 치러야 할 시험이었
습니다. 나는 그녀에게 말했습니다. 욕하려고 멈추면 당
신은 지는 거예요. 웃으려고 멈추어도 마찬가지고요. 멈
칫하거나 더듬대면 당신은 끝나요. 난 그녀의 등에 내 전
재산이라도 건 듯이, 뛰어넘는 것만 생각하라고 간곡하
게 당부했습니다. 그리고 그녀는 새처럼 울타리를 뛰어
넘었습니다. 하지만 그 울타리 뒤에 울타리가 또 있었고,
그 뒤에 또 울타리가 있었습니다. 박수와 고함이 신경을
거슬렸기에 그녀가 집중력을 가졌는지 의심되더군요. 하
지만 그녀는 최선을 다했습니다. 메리 카마이클이 천재
가 아니라, 시간과 돈과 여가라는 바람직한 것들이 충분
치 않은 침실 겸 거실에서 첫 소설을 쓰는 무명의 여성인
점을 고려하면, 그리 나쁘지 않게 했다는 생각이 들더
군요.

　나는 마지막 장을 읽으면서 ── 사람들의 코와 맨 어깨
가 별이 총총한 하늘을 배경으로 드러났습니다. 누군가

거실의 커튼을 당겨 놓았거든요 ── 그녀에게 1백 년 더 주자고 결론지었습니다. 그녀에게 자기만의 방과 연간 5백 파운드를 주자고, 그녀가 자신의 마음을 솔직하게 이야기하게 하고, 지금 쓴 것의 절반을 덜어 내도록 해주자고요. 그러면 그녀는 곧 더 좋은 작품을 쓰게 될 것이라고요. 나는 메리 카마이클의 『인생 모험』을 서가 끝에 꽂아 넣으면서 말했습니다. 1백 년 뒤 그녀는 시인이 될 거라고요.

6

다음 날 10월의 아침 햇살이 커튼이 걷힌 창으로 먼지 기둥을 떨어뜨렸고, 거리에서 웅웅대는 차량 소리가 일어났습니다. 그러면서 런던이 다시 태동을 시작했고, 공장은 웅성대고 기계들이 돌기 시작했습니다. 이 책을 다 읽은 뒤여서, 창밖으로 1928년 10월 26일 아침에 런던이 뭘 하는지 보고 싶은 유혹이 일었습니다. 그러면 런던은 뭘 하고 있을까요? 『안토니와 클레오파트라』를 읽는 사람은 아무도 없는 것 같더군요. 런던은 셰익스피어의 희곡에 전혀 관심이 없는 듯했습니다. 소설의 미래나 시의 죽음, 일반 여성이 자신의 마음을 완전히 표현해서 발전시킨 산문체 같은 것은 안중에 없었지요. 그리고 난 그들을 탓하지 않습니다. 만약 이런 어떤 문제에 대한 견해가 분필로 바닥에 적혀 있었대도 아무도 멈춰 서서 읽지 않았을 겁니다. 무심하고 급한 발걸음들로 인해 반 시간 뒤면 글이 뭉개졌을 테지요. 여기 사환이 왔습니다. 여기 줄을 맨 개를 데리고 여성 한 명이 왔습니다. 런던 거리의 매력은 똑같아 보이는 사람이 없다는 거지요. 각자 자신만의 개인사에 매여 있는 듯 보였습니다. 작은 가방을 든 노동자들도 있고, 난간을 지팡이로 때려 딱딱 소리를 내는 행인들도 있었습니다. 거리를 사교 클럽 삼아 누가 묻지도 않는데 마차에 탄 사람들을 불러 정보를 주는 사교적인 인물들도 있었고요. 또 장례 행렬도 있어서, 행인들은 문득 자신의 죽음을 상기하고 모자를 들어 인사하곤 했습니다. 아주 저명한 신사가 천천히 어느 문간에서 멈추어 부산스러운 숙녀와 부딪치는 걸 피하기도 했지요. 그녀는 어떻게 구했는지 호화로운 모피 코트를 걸치고 향제비꽃 다발을 들고 있었습니다. 그들 모두 각자 자기 일에 몰두한 듯했습니다.

이 순간, 런던에서 자주 그러듯이, 통행이 완전히 소강상태가 되더니 멈추었습니다. 거리를 내려오는 차량이 없었습니다. 아무도 지나가지 않았습니다. 나뭇잎 하나가 플라타너스에서 떨어졌고, 그 소강상태인 정지 속에 내려앉았습니다. 그것은 어쩐지 하나의 신호, 그동안 우리가 지나쳐 버린 것들에 깃든 힘을 가리키는 신호인 것 같았습니다. 그것이 강을 가리킨 것 같았지요. 강이 보이지 않게 흐르며 모퉁이를 돌고, 거리를 내려가서 사람들을 데리고 소용돌이치며 떠내려가게 하는 것 같았지요.

옥스브리지의 강물이 배를 젓는 학부생과 낙엽 들을 데 려갔던 것처럼. 이제 그것은 거리의 한쪽에서 대각선 방 향으로 에나멜 구두를 신은 소녀를 데려오더니, 갈색 외 투를 입은 청년을 데려왔습니다. 또 택시를 데려왔고, 셋 전부를 내 창문 바로 아래로 데려왔습니다. 거기서 택시 가 멈추었고, 소녀와 청년이 멈추더니 택시에 올라탔습 니다. 곧 택시는 다른 곳의 물살에 휩쓸리기라도 한 듯 미 끄러져 나가더군요.

지극히 평범한 광경이었습니다. 묘한 것은 내 상상이 입힌 리듬감 있는 질서였지요. 또 두 사람이 택시에 오르 는 평범한 광경이 그들의 만족감을 보여 주는 힘을 가졌 다는 사실도요. 택시가 방향을 돌려 떠나는 것을 보면서, 두 사람이 길을 내려와 모퉁이에서 만나는 광경이 마음 의 긴장을 풀어 주나 보다 생각했습니다. 요 이틀간 계속 그래 왔듯이, 남녀를 구분해서 생각하는 데는 수고가 듭 니다. 둘이 어우러져서 택시에 오르는 모습을 보니 수고 가 그치고 통합이 복구되었습니다. 창문에서 머리를 들 여놓으면서, 마음이 아주 신비로운 기관인 것은 확실하 다는 생각이 들었습니다. 우리는 전적으로 마음에 의존 하지만, 마음에 대해 알려진 바는 아무것도 없습니다. 나 는 어째서 몸의 긴장에 명백한 원인이 있듯이, 마음 안에 도 분리와 대립이 있다고 느끼는 걸까요? 〈마음의 통합〉

이란 무슨 뜻일까요? 마음은 어느 순간 어떤 일에든 집중력을 발휘하기에, 단독으로 존재하는 상태란 없는 것 같거든요. 예를 들면 마음은 거리의 행인들 속에서 분리되어 위층 창에서 그들을 내려다보며 자신에 대해 생각할 수 있습니다. 혹은 인파 속에서 어떤 소식이 발표되기를 기다릴 때처럼, 자연스럽게 다른 사람들과 같이 생각할 수도 있지요. 아버지나 어머니를 통해 거슬러 올라가 생각할 수도 있습니다. 글을 쓰는 여성은 어머니들을 통해 거슬러 올라가 생각한다고 말했던 것처럼요. 또한 여성들은 종종 갑작스러운 의식의 분열을 느끼고 놀라는 경우가 흔합니다. 말하자면 화이트홀[111]을 걷다가, 그 문명을 자연스럽게 답습했던 사람이 반대로 그 밖에서 이방인이 되어 그것을 비평하게 되는 거지요. 확실히 마음은 늘 관심사를 바꾸고, 세상에 다른 관점들을 가져옵니다. 하지만 자연스럽게 든 마음이라도 유독 불편한 마음 상태가 있을 겁니다. 그런 상태를 유지하기 위해 무의식적으로 억제하고, 점점 억압이 수고가 되기 때문이지요. 하지만 아무것도 억제할 필요가 없기에 수고 없이도 지속 가능한 마음 상태도 있을 겁니다. 창문에서 안으로 들어가면서, 나는 아마 이게 그런 상태이리라고 생각했습니다. 택시에 타는 커플을 봤을 때, 전에 분리되었던 마음이

111 런던의 관청가.

자연스럽게 결합되어 어우러지는 느낌이었습니다. 남녀 양성의 합심이 순리라는 것이 그 명확한 이유일 겁니다. 나는 남녀의 통합이 가장 큰 만족과 완전한 행복을 만든 다는 이론을 비이성적이지만 무척 본능적으로 지지합니 다. 하지만 두 사람이 택시에 오르는 광경과 거기서 얻은 만족감은 질문을 던지게 했습니다. 몸 안의 양성에 상응 하는 마음 안의 양성이라는 것이 있을까? 완전한 만족감 과 행복을 얻으려면 그 둘도 통합되어야 할까? 나는 문외 한이지만 정신의 청사진을 그려 나갔습니다. 각자의 내 면에 두 개의 세력이, 남성과 여성이 하나씩 있는데, 남성 의 뇌에서는 남성 쪽이, 여성의 뇌에서는 여성 쪽이 지배 적입니다. 둘이 정신적으로 어우러지면서 함께 조화롭게 사는 것이 정상적이고 편안한 상태입니다. 남성일 경우 뇌의 여성적 부분이 영향력을 가져야 할 거고, 여성 역시 자기 안의 남성과 교류해야 할 겁니다. 콜리지[112]가 위대 한 마음은 양성적 특징을 갖는다고 말했던 것은 이런 의 미일 겁니다. 이 결합이 이루어질 때 마음은 풍요로워지 고 능력을 모두 발휘합니다. 어쩌면 여성적이기만 한 마 음이 창작을 할 수 없듯, 남성적이기만 한 마음도 창작을 할 수 없다는 생각이 들었습니다. 하지만 잠시 멈추고 한 두 작품 더 보면서, 여성적인 남성과 남성적인 여성이 무

112 Samuel Taylor Coleridge(1772~1834). 영국 시인이자 비평가.

슨 의미인지 살펴보는 것도 좋겠지요.

콜리지가 위대한 마음은 양성적 특징을 갖는다고 말했을 때, 그것이 여성들에게 특별히 공감하는 마음, 여성들의 주장을 지지하거나 그 해석에 헌신하는 마음을 뜻하지는 않았습니다. 아마 그런 면에서 양성적 특징을 갖는 마음과 단일한 성의 특징을 갖는 마음이 구분되지는 않을 겁니다. 콜리지의 말은, 양성적 특징을 갖는 마음은 잘 공명하고, 잘 스며들며, 방해 없이 감정을 잘 전달한다는 의미였습니다. 그것은 자연스럽게 창의적이고, 눈부시고, 분산되지 않습니다. 사실 양성적 마음의 전형, 여성적 남성의 마음의 전형으로는 셰익스피어의 마음을 들 수 있습니다. 셰익스피어의 여성관을 알 도리는 없지만요. 또 성별을 특별하게 혹은 분리해서 생각하지 않는 것이 온전하게 성숙한 마음의 증표라는 게 사실이라면, 과거보다 지금 그렇게 되기가 훨씬 더 어렵습니다. 나는 생존 작가들의 저서 앞으로 와서 거기 멈춰 선 채, 나를 오랫동안 당혹스럽게 만든 것의 기저에 이 사실이 있을지 심사숙고했습니다. 어떤 시대도 우리 시대처럼 집요하게 성을 의식하지 않았습니다. 대영 박물관에 소장된 무수한 남성 필자들의 여성 관련 서적이 그 증거입니다. 틀림없이 여성 참정권 운동 때문이겠지요. 그 일이 남성들에게 자기주장을 하고픈 유난스러운 욕망을 불러일으켰을 겁니다. 그리고 남성들이 자신의 성과 특징을 유난히 강조하게 만들었겠지요. 도전받지 않았다면 생각도 안 해봤을 텐데 말입니다. 그게 보닛을 쓴 여자 몇 명의 도전일지라도 말입니다. 그것이 내가 여기서 파악했다고 기억하는 몇 가지 특징을 설명해 줍니다. 그런 생각을 하면서, 지금 한창 전성기에 있고 평론가들에게 찬사를 받고 있는 A의 신작 소설을 꺼냈습니다. 책을 펼쳤습니다. 사실 남성의 글을 다시 읽으니 흐뭇했습니다. 여성들의 글을 읽은 뒤라 대단히 직접적이고 매우 단도직입적으로 다가왔습니다. 그것은 대단한 정신의 자유를, 대단한 개인의 분방함을, 대단한 자신감을 나타냈습니다. 이 잘 양육되고 잘 교육받은 자유로운 정신 앞에서 물리적인 행복이 감지되었습니다. 버려지거나 저항받아 본 적 없이, 나면서부터 자유를 만끽하고 뭐든 원하는 방식으로 쭉 지내 왔던 거지요. 이 모든 게 감탄스러웠습니다. 하지만 한두 챕터를 읽은 뒤 책장에 그림자가 드리워지는 것 같았습니다. 검은 직선으로 알파벳 〈I〉처럼 생긴 그림자였습니다. 그 뒤쪽 풍경을 보려고 이리저리 피하기 시작했습니다. 그게 나무인지 걷고 있는 여자인지 확실하지 않았습니다. 다시 보면 줄곧 〈I〉가 나를 맞아 주었습니다. 〈I〉에 싫증이 나기 시작했습니다. 이 〈I〉가 더할 수 없이 경탄스럽지 않은 것은 아니었습니다. 진솔하고 논리적이었지요. 호두처럼 단단하고, 수 세기에 걸친 훌륭한 교육과 좋은 양육으로 반들반들했습니다. 나는 〈I〉를 진심으로 존경하고 경탄합니다. 하지만 — 여기서 뭔가 찾느라 한두 페이지 넘겼는데 — 최악은 〈I〉의 그림자에서 모든 게 안개처럼 형태가 사라지는 것이었습니다. 저게 나무인가? 아니, 여성이야. 나는 〈그런데…… 그녀의 몸에 뼈대가 없네〉라고 생각하면서, 모래사장을 지나는 피비를 — 그녀의 이름이었지요 — 지켜봤습니다. 그때 앨런이 일어나면서 그의 그림자가 즉시 피비를 지웠습니다. 앨런에게는 자기만의 견해가 있었고, 피비는 그의 생각의 홍수 속에 잠겨버렸으니까요. 나는 앨런이 열정을 가졌다고 생각했습니다. 여기서 위기가 다가오는 감이 느껴져서 후다닥 책장을 넘겼고, 과연 그랬습니다. 태양 아래 모래사장에서 일이 벌어졌습니다. 아주 공개적으로 그랬지요. 몹시 강렬하게 일어났습니다. 그렇게 점잖지 못한 일은 있을 수가 없었을 겁니다. 하지만…… 내가 〈하지만〉이란 말을 너무 자주 했더군요. 계속 〈하지만〉을 연발할 수는 없지요. 나는 어떻게든 문장을 마무리해야 한다고 자신을 나무랐습니다. 문장을 〈하지만…… 싫증 나!〉라고 마무리해야 하나? 그런데 왜 싫증이 나지? 이유 하나는 글자 〈I〉의 지배력과 그것이 거대한 너도밤나무처럼 그늘 안에 드리우는 건조함이었지요. 거기서는 아무것도 자라지 않을 겁니다.

그리고 더 불분명한 이유도 있습니다. A의 마음에 창조적인 기운의 원천을 막아 좁은 한계 안에 가둔 장애물이, 방해물이 있는 것 같았습니다. 그리고 옥스브리지의 오찬, 담뱃재, 맹크스 고양이, 테니슨, 크리스티나 로제티를 통째로 떠올리니, 거기에 장애물이 있는 듯했습니다. 피비가 모래사장을 걸어올 때, 이제 앨런은 조용히 〈대문 옆의 시계꽃에서 눈부신 눈물이 떨어졌네〉[113]라고 나직이 읊조리지 않습니다. 피비 역시 〈내 심장은 물오른 어린 가지에 둥지를 튼 노래하는 새 같네〉[114]라고 응수하지 않지요. 그러니 앨런이 다가가서 무슨 일을 할 수 있겠습니까? 한낮처럼 정직하고 태양처럼 합리적이 되자면, 그가 할 수 있는 일은 딱 하나입니다. 그리고 그는 제 실력을 발휘해서 반복적으로 그 일을 하고(나는 책장들을 넘기면서 말했습니다) 또 합니다. 나는 내 고백이 가혹하다는 것을 알고 있었지만, 어쩐지 지루하다고 덧붙였습니다. 셰익스피어의 외설은 사람의 마음속에서 1천 가지 것을 뿌리째 흔들기에 지루하지 않습니다. 하지만 셰익스피어는 재미를 위해 그렇게 합니다. A는 보모들이 말하듯 목적을 갖고 그 일을 합니다. 그는 반항하기 위해 그걸 하지요. 자신의 우월성을 주장함으로써 여성의 평등성에

113 앨프리드 테니슨의 시 「모드」의 구절.
114 크리스티나 로제티의 시 「생일」의 구절.

대항하는 겁니다. 따라서 그는 막히고, 억제되고, 수줍음을 타지요. 셰익스피어도 미스 클러프[115]나 미스 데이비스[116]를 알았더라면 똑같았을 테지요. 만약 여성 운동이 19세기가 아닌 16세기에 시작됐다면, 엘리자베스 시대 문학은 지금과 판이했을 겁니다.

이 마음의 양성 이론이 유효하다면, 오늘날 남성성은 자의식적이 되었다고 결론 내릴 수 있습니다. 즉 남성은 이제 뇌의 남성적 부분만 갖고 글을 쓰고 있습니다. 여성이 그런 책을 읽는 것은 실수입니다. 거기서 찾지 못할 것을 찾고 있을 테니까요. 나는 비평가 B의 저서를 손에 들고 시 예술에 대한 그의 언급을 몹시 신중하고 성실하게 읽으면서, 가장 부족한 것이 암시 능력이라고 생각했습니다. 그의 글은 예리하고 대단히 지적이지만, 문제는 그의 감정이 소통되지 않는다는 점이었습니다. 그의 마음은 여러 방으로 분리되어 있고, 소리가 방에서 방으로 전해지지 않았습니다. 그러니 독자가 B의 문장을 마음에 담으면, 그것은 별안간 땅에 뚝 떨어져 죽어 버립니다. 하지만 콜리지의 문장 하나를 마음에 담으면, 그것은 폭발해서 온갖 다른 아이디어들을 탄생시킵니다. 그것만이

115 Ann Clough(1820~1892). 영국의 교육자이자 여권 운동가. 뉴넘 칼리지 초대 학장을 역임했다.
116 에밀리 데이비스를 말한다(87번 각주 참조).

영원한 삶의 비밀을 지녔다고 할 만한 부류의 글이지요.

이유가 어찌 됐든 그것은 개탄해야 할 사실입니다. 왜
냐하면 그것은 — 여기서 나는 골즈워디와 키플링의 책들
이 꽂힌 서가에 도착했습니다 — 현존하는 가장 위대한
작가들의 최고 걸작들 일부가 소귀에 경 읽기가 된다는
뜻이니까요. 여성은 어떻게 해도 그 책들에서 평론가들
이 거기 있다고 장담한 영원한 삶의 원천을 찾지 못합니
다. 그들은 남성의 미덕을 찬양하고, 남성의 가치를 강화
하고, 남성의 세계를 묘사하기만 하는 게 아닙니다. 이 책
들에 스며든 감정을 여성은 이해하지 못합니다. 평론가
는 그게 다가옵니다, 모여듭니다, 막 머리 위에서 터질 겁
니다, 라고 작품이 끝나기 한참 전부터 떠들기 시작하지
요. 그 그림이 졸리언의 머리 위에 떨어질 겁니다, 그는
그 충격으로 죽을 겁니다, 사무원이 두세 마디 부고를 할
겁니다, 템스강에 떠 있는 백조 떼 전부가 일시에 노래를
부를 겁니다. 하지만 여성 독자는 그런 일이 벌어지기 전
에 빠져나와 까치밥나무 덤불에 숨을 겁니다. 남성에게
는 그리도 깊고, 그리도 섬세하고, 그리도 상징적인 감정
이 여성을 의아하게 만드니까요. 키플링의 **등** 돌린 장교
들, **씨**를 뿌리는 사람들, 일하며 혼자 있는 **남성들**, **깃발**도
마찬가지입니다. 진한 글자를 쓰려니 얼굴을 붉히게 되
네요. 꼭 완전히 남성적인 유흥 장면을 엿들은 것 같아서

요. 골스워디도 키플링도 내면에 여성적 불꽃이 없었다는 게 사실입니다. 그래서 일반화해도 된다면, 그들의 모든 특징이 여성에게는 저속하고 미숙해 보입니다. 그들은 암시 능력이 부족합니다. 책이 암시 능력이 부족하면, 마음의 표면을 아무리 세게 때릴지라도 그 안으로 스며들 수가 없습니다.

책을 빼서 보지도 않고 다시 꽂을 때의 안달을 느끼며, 순전히 자기주장적인 남성성의 시대를 그려 보기 시작했습니다. 교수들(예컨대 월터 롤리 경[117])의 편지들이 그 전조가 되었고, 이탈리아 지배자들은 이미 두각을 나타냈습니다. 로마에서는 적나라한 남성성을 절감하지 않을 수가 없습니다. 적나라한 남성성이 국가에 어떤 가치가 있는지 몰라도, 시 예술에 미치는 영향력은 물어야 할 겁니다. 아무튼 신문 보도를 보면 이탈리아에는 소설에 대한 상당한 초조감이 있습니다. 〈이탈리아 소설을 발전시키기 위한〉 학자 회의가 열렸습니다. 〈저명한 가문이나 재계, 산업계, 파시즘 협동조합의 유명 인사들〉[118]이 모여서 문제를 논의했고, 두체[119]에게 〈파시스트 시대가 곧 격

117 Sir Walter Raleigh(1552~1618). 영국의 모험가, 작가. 아메리카 초기 식민 개척자.
118 1920년대 이탈리아는 무솔리니가 파시즘 정치를 시작하면서 파시즘적인 협동조합들을 만들었다.
119 무솔리니는 최고 통치자라는 뜻의 〈두체〉라는 호칭으로 불렸다.

에 맞는 시인을 탄생시킬 것)이라는 소망을 담은 전보를 보냈습니다. 우리도 그 경건한 소망에 가담해도 좋겠지만, 시가 배양기에서 나올 수 있을지 의심스럽습니다. 시는 아버지만이 아니라 어머니도 있어야 하니까요. 두려운 일입니다만, 파시스트의 시는 어느 읍 박물관의 유리 단지 속에서나 볼 수 있을 끔찍한 발육 부전의 생물일 겁니다. 그런 괴물들은 오래 못 산다고 하고, 그런 부류가 들판에서 풀을 뜯는 기이한 일은 본 적이 없습니다. 몸 하나에 머리가 둘인 것은 수명이 길지 않습니다.

하지만 굳이 비난해야 한다면, 모든 책임은 남녀 한쪽에 있지 않습니다. 모든 선동가와 개혁가 들의 책임입니다. 그랜빌 경에게 거짓말할 때의 레이디 베스버러, 그레그 씨에게 진실을 말할 때의 미스 데이비스에게도 책임이 있지요. 성별을 의식하는 상태를 자초한 모두가 비난받아야 하고, 그들은 내가 책에 능력을 쏟고 싶을 때면 그 책을 예전의 저 행복한 시대에서 모색하게 만듭니다. 미스 데이비스와 미스 클러프가 태어나기 전의 시대, 작가가 마음의 양성의 특징을 똑같이 사용하던 시대 말입니다. 그러려면 셰익스피어로 돌아가야 합니다. 셰익스피어는 양성의 특징을 똑같이 가졌으니까요. 키츠, 스턴, 쿠퍼, 램, 콜리지도 마찬가지였습니다. 어쩌면 셸리는 무성적이었지요. 밀턴과 벤 존슨은 남성의 요소가 너무 많았습니다. 워즈워스와 톨스토이도 마찬가지였습니다. 우리 시대에는 프루스트가 전적으로 양성적이었지요. 여성성으로 편향된 일면이 있었지만요. 하지만 그거야 너무 희귀한 일이니 불평할 수 없습니다. 그렇게 혼재되지 않으면 지성이 우세해서 마음의 다른 특징들이 굳어져 메마를 테니까요. 하지만 이것이 과도기일 거라는 생각으로 마음을 달랬습니다. 여러분에게 내 생각의 추이를 밝히겠다는 약속을 지키며 지금까지 내가 한 말들은 대개 시대에 뒤떨어진 이야기일 겁니다. 내 눈에서 타는 불꽃 대부분은 아직 성년이 안 된 여러분에게는 의심스러워 보이겠지요.

나는 책상으로 걸어가서 〈여성과 소설〉이라고 적힌 종이를 집으면서 말했습니다. 그래도 여기에 쓰고 싶은 첫 문장은 〈글을 쓰는 사람이 자신의 성별을 생각하는 것은 치명적입니다〉입니다. 순전한 남성 혹은 여성이 되는 것은 치명적입니다. 남성적 여성이나 여성적 남성이 되어야 합니다. 여성이 불만을 조금이라도 강조하면 치명적이지요. 대의명분이 있어도 안 됩니다. 아무튼 여성으로서 의식적으로 말하는 것은 치명적입니다. 또 말로만 치명적인 게 아닙니다. 의식적인 편견을 갖고 쓴 글은 죽을 운명이니까요. 그 글은 숙성을 멈춥니다. 하루 이틀은 똑똑하고 효과적이고 강력하고 훌륭해 보이겠지만, 밤이 되면 시들어 버리고 맙니다. 사람들의 마음에서 자라지 못합니다. 마음에서 남성과 여성의 통합이 이루어진 뒤에야 창의적인 예술을 이룰 수 있습니다. 이질적인 것들의 결혼이 이루어져야 합니다. 작가가 완전히 충만하게 자신의 경험을 전하고 있다는 느낌을 주려면 온 마음을 활짝 열어야 합니다. 자유가 있어야 하고, 평화가 있어야 합니다. 바퀴가 삐걱대서도, 빛이 깜박여서도 안 됩니다. 커튼을 단단히 쳐야 합니다. 작가는 일단 자신의 경험이 끝나면 뒤로 기대 누워, 마음이 어둠 속에서 혼례를 잘 치를 수 있도록 놔두어야 합니다. 무엇이 이루어지고 있는지 보거나 질문하면 안 됩니다. 그보다 장미의 꽃잎을 따거나, 백조들이 강에서 차분히 떠가는 것을 지켜봐야 합니다. 그러자 다시 배와 학부생과 낙엽이 떠가는 물살이 보였습니다. 또 남성과 여성이 같이 길을 건너고 택시가 둘을 태워 가는 것을 본 듯했습니다. 물살이 그들을 휘감아 거대한 물줄기로 접어들었다는 생각을 할 때, 멀리서 런던의 차량 소음이 들렸습니다.

여기서 메리 비턴은 말을 멈춥니다. 그녀는 자신이 어떤 결론에, 평범한 결론에 도달했는지 여러분에게 밝혔습니다. 여러분이 소설이나 시를 쓰려면 1년에 5백 파운드와 문을 잠글 수 있는 방 한 칸이 필요하다고요. 그녀는 이런 결론에 이르게 된 생각과 인상 들을 고스란히 밝히려고 애썼습니다. 그녀는 여러분에게 자신과 동행하며 교구 직원과 부딪치고, 여기서 오찬을 하고, 저기서 만찬을 하고, 대영 박물관에서 그림을 끄적이고, 서가에서 책을 뽑고, 창밖을 보자고 청했습니다. 그녀가 이런 일들을 하는 동안 여러분은 틀림없이 그녀의 실수와 약점을 지켜보았고, 그것들이 그녀의 견해에 어떤 영향을 주는지 판단했습니다. 여러분은 그녀를 반박했고, 적당해 보이도록 더하고 뺐습니다. 그래야 마땅합니다. 이런 문제에서는 많은 다양한 실수들을 모아야 진리를 얻을 수 있으니까요. 이제 나는 여러분이 던질 수밖에 없는 두 가지 비난을 예상하면서 이야기를 맺으려 합니다.

여러분은 두 성의 상대적 장점, 특히 작가로서 각 성의 장점이 뭔지 의견이 피력되지 않았다고 지적할 겁니다. 의도적으로 그랬습니다. 그런 평가를 할 시점이 왔다고 해도 — 또 당장은 여성들의 능력에 대해 설명하는 것보다 그들이 돈을 얼마나 가졌는지, 방은 몇 칸이나 있는지가 훨씬 더 중요합니다 — 정신이든 성격이든 그 재능은 설탕과 버터처럼 측량할 수 없는 것이라고 나는 믿습니다. 사람들에게 등급을 매겨 머리에 모자를 씌우고 이름 옆에 문자를 표기하는 케임브리지라고 해도 측량하지 못할 겁니다. 『휘태커』에 나오는 〈우선순위표〉라고 해도 그

가치들의 순위를 제시하지 못합니다. 혹은 만찬장에 입장할 때 배스 훈장[120]을 받은 사람이 정신 질환자 담당 주사[121]보다 나중에 들어가는 데 합당한 이유가 있다고 나는 믿지 않습니다. 그렇게 성과 성, 신분과 신분을 대척점에 두는 것, 우월성을 주장하고 열등성을 씌우는 것은, 인간 존재에서 사립 학교 단계에 속할 일입니다. 거기서는 〈편〉을 나눠 한쪽이 다른 쪽을 두들기고, 단상에 올라가서 교장에게 화려한 우승배를 받는 게 가장 중요하지요. 사람들은 성숙해지면 편 가르기나 교장이나 화려한 우승배 따위 믿지 않습니다. 아무튼 책과 관련해서는 책의 우수성을 명시한 꼬리표를 떨어지지 않도록 단단히 붙이는 일은 대단히 어려운 일입니다. 현대 문학 리뷰들이 평가의 어려움을 잘 보여 주지 않나요? 같은 작품이 〈이 대단한 작품〉이라고, 또 〈이 무가치한 책〉이라고 불립니다. 호평과 비평 모두 무의미합니다. 그렇죠, 심심풀이 삼아 평가하는 게 재미있을지는 몰라도 그보다 헛된 짓은 없고, 평가자의 선언에 굴복하는 것처럼 노예 같은 짓도 없습니다. 쓰고 싶은 것을 쓰는 것, 그것이 가장 중요합니다. 작품이 긴 세월 동안 중요할지, 고작 몇 시간 뒤 잊힐

120 조지 1세가 제정한 기사 훈장.
121 대법관의 임명을 받아 정신 질환 신고를 심리하고 재산 관리에 대한 명령을 하는 직위.

지는 아무도 알 수 없습니다. 하지만 우승배를 든 교장이나 소매에 잣대를 꽂은 교수를 의식해서, 관점의 머리카락 한 올, 약간의 색깔이라도 희생하는 것은 비굴하기 짝이 없는 배반입니다. 그것에 비하면 가장 큰 손해라는 재산과 정조의 희생도 벼룩에 물리는 정도에 불과할 겁니다.

다음으로 여러분은 내가 물질을 너무 강조했다고 반발할지도 모르겠습니다. 다분히 상징적이어서 연간 5백 파운드가 사색할 수 있는 여력을 나타내고, 잠기는 문이 혼자 생각할 수 있는 여지를 뜻한다고 해도, 여러분은 정신이 물질보다 우위라고 주장하겠지요. 또 위대한 시인들은 가난뱅이 신세가 다반사였다고 말할 겁니다. 그러면 무엇이 시인을 만드는지 나보다 잘 아는 여러분의 문학 교수가 한 말을 인용해 보겠습니다. 아서 퀼러쿠치 경[122]은 이렇게 썼습니다.[123]

〈지난 1백 년쯤 되는 사이 위대한 시인들의 이름이라면? 콜리지, 워즈워스, 바이런, 셸리, 랜도, 키츠, 테니슨, 브라우닝, 아널드, 모리스, 로제티, 스윈번 정도면 충분할 것이다. 이들 중 키츠, 브라우닝, 로제티를 뺀 전원이

---

122 Arthur Quiller-Couch(1863~1944). 영국의 시인이자 소설가. 『옥스퍼드판 영시집』, 『옥스퍼드판 발라드집』을 편찬했다.
123 『글쓰기의 기술』— 원주.

대학 출신이었고, 세 명 가운데 한창때 꺾여 요절한 키츠만 유일하게 유복하지 않았다. 이렇게 말하면 매몰차고 슬프기도 하지만, 시적인 천재성이 내키는 곳으로 빈부 차별 없이 불어 간다는 것은 사실이 아니라는 게 확고한 사실이다. 확고한 사실을 보자면, 그 열두 명 중 아홉 사람이 대학 출신이라는 것은 그들이 영국이 주는 최고의 교육을 받을 재원을 조달할 수 있었다는 뜻이다. 확고한 사실을 보자면, 남은 세 사람 중 브라우닝은 유복했고, 장담하거니와 그가 부유하지 않았다면 『사울』이나 『반지와 책』을 쓰지 못했을 것이다. 마찬가지로 부친의 사업이 번성하지 않았다면 러스킨은 『근대의 화가들』을 집필하지 못했으리라. 로제티는 개인적으로 얼마간 수입이 있었고, 더구나 그림을 그렸다. 키츠만 남는다. 아트로포스[124]는 키츠를 젊었을 때 베어 버렸다. 존 클레어를 정신 병원에서, 제임스 톰슨을 그가 절망을 잊으려고 이용한 아편으로 베어 냈듯이 말이다. 무서운 사실이지만 직시하도록 하자. 한 국가로서 불명예스럽지만, 요즘에도 2백 년 전에도 가난한 사람이 시인이 될 기회는 극히 적은 것이 사실이다. 장담컨대 — 나는 초등학교 320군데를 관찰하며 10년 가까이 지냈다 — 우리가 민주주의에 대해 떠들지

---

124 그리스 신화에 나오는 운명의 세 여신 중 하나로 생명의 실을 끊는다.

만, 실제로 영국의 빈곤층 아동은 훌륭한 글을 낳는 지적인 자유를 누릴 가망이 아테네의 노예 아들만큼이나 없다.〉

이보다 핵심을 더 명확히 짚어 낼 수는 없을 겁니다. 〈요즘에도 2백 년 전에도 가난한 사람이 시인이 될 기회는 아주 적은 것이 사실이다. (……) 영국의 빈곤층 아동은 훌륭한 글을 낳는 지적인 자유를 누릴 가망이 아테네의 노예 아들만큼이나 없다.〉 바로 그겁니다. 지적인 자유는 물질에 의존합니다. 그리고 여성들은 비단 2백 년 동안만이 아니라 태초부터 늘 가난했습니다. 여성들은 아테네의 노예 아들보다도 지적인 자유를 누리지 못했습니다. 그러니 여성들은 시를 쓸 기회가 아주 적었습니다. 바로 그것이 내가 돈과 자기만의 방을 그렇게 강조한 이유입니다. 하지만 우리가 더 알고 싶은 과거의 무명 여성들의 수고 덕에, 또 이상스럽게도 두 번의 전쟁, 즉 플로렌스 나이팅게일을 거실에서 끌어낸 크림 전쟁과 60년 뒤쯤 발발해서 일반 여성들에게 문을 열어 준 유럽 전쟁 덕에 이런 악조건은 향상되는 중입니다. 그렇지 않다면 오늘 밤 여러분은 이 자리에 있지도 않을 테고, 여전히 불확실하기는 하지만, 여러분이 연간 5백 파운드를 벌 확률은 극히 미미할 것입니다.

여전히 여러분은 항의할 겁니다. 왜 당신은 여성들의

책 집필을 그렇게 중시하지요? 당신 말로는 무척 큰 노력이 요구되는 일이고, 어쩌면 숙모들을 살해하기에 이를지도 모르며, 오찬에 거의 틀림없이 늦게 만들고, 대단히 훌륭한 사람들과 아주 심각한 언쟁을 벌이기 십상인 일이라면서요? 내 동기가 이기적인 부분도 있다고 인정하겠습니다. 대부분의 교육받지 못한 영국 여성들처럼 나도 독서를 좋아합니다. 다독하는 게 좋습니다. 최근의 책들은 단조로워졌습니다. 역사서는 너무 전쟁 편향적이고, 전기문은 훌륭한 남성들에 치우쳐 있고, 시는 빈약한 경향이 있다고 생각합니다. 소설은, 내가 현대 소설 비평가로서 무능력을 충분히 드러냈으니 그 이야기는 그만하겠습니다. 따라서 나는 여러분에게, 주제가 아무리 사소하거나 광범위해도 망설이지 말고 모든 종류의 책을 쓰라고 요구하고 싶습니다. 어떻게 해서든 여러분이 여행을 하고 느긋하게 지낼 비용을 확보하면 좋겠습니다. 세계의 미래나 과거를 사유하고, 책을 보면서 꿈꾸고, 길모퉁이를 배회하고, 생각의 낚싯줄을 강물 깊이 드리울 수 있는 돈을 갖기 바랍니다. 비단 소설에 한정 지으라는 뜻은 결코 아닙니다. 나를, 또 나 같은 사람 수천 명을 기쁘게 하고자 한다면, 여행, 모험, 조사, 연구, 역사, 전기, 비평, 철학, 과학을 다루는 책을 쓰기 바랍니다. 그러면 틀림없이 소설이라는 예술에도 득이 될 겁니다. 책들은 서로 영향을 미치는 일면이 있으니까요. 소설이 시와 철학 옆에 꼭 붙어 있으면 훨씬 좋을 겁니다. 더욱이 사포, 무라사키,[125] 에밀리 브론테 같은 과거의 걸출한 인재들을 생각해 보면, 이 여성 작가들이 창시자일 뿐 아니라 계승자이기도 하다는 것을 깨닫게 될 겁니다. 여성들이 자연스럽게 글 쓰는 습관을 갖게 된 덕분에 그들이 존재하게 된 것이므로, 시의 서곡 삼아서라도 그런 작업은 소중할 겁니다.

하지만 이 메모들을 돌아보고 그것을 쓸 때 내 생각의 추이를 비평하려니, 내가 가진 동기들이 마냥 이기적이진 않았다는 걸 알겠습니다. 이런 코멘트들과 잡담 사이로 확신이 — 아니면 본능일까요? — 흐릅니다. 바로 좋은 책들은 바람직하며, 좋은 작가들은 다양한 인간적 난맥상을 보이더라도 여전히 좋은 인간들이라는 점입니다. 그래서 여러분에게 더 많은 책을 쓰라고 요구하는 것은, 여러분의 이익과 전반적으로 세상의 이익이 될 일을 하라는 채근입니다. 이 본능 또는 믿음을 정당화하는 법을 나는 모릅니다. 대학 교육을 받지 않은 사람은 철학 용어에 영 젬병이니까요. 〈리얼리티〉란 무슨 뜻일까요? 무척 변덕스럽고 아주 믿음직스럽지 않은 것으로 보일 겁니다. 먼

125 무라사키 시키부(紫式部, 973~1014). 11세기에 소설 『겐지 이야기』를 쓴 일본의 여성 작가.

지 자욱한 도로에 있는가 하면, 길바닥의 신문 쪼가리에도 있고, 햇빛 속에 서 있는 수선화에도 있습니다. 그것은 방 안에서 사람들의 무리를 비추고 평이한 말을 새깁니다. 별빛 아래서 집으로 걸어가는 사람을 벅차게 하고, 고요한 세상을 연설이 판치는 세상보다 더 리얼하게 만듭니다. 그러다가 소란한 피커딜리를 달리는 승합차 위에 있기도 합니다. 때로 너무 먼 형태들 속에 머물러 있어서 우리가 그것의 특징을 분별할 수 없을 것도 같습니다. 하지만 리얼리티는 무엇을 건드리든 그것을 고착시키고 영원하게 만듭니다. 하루의 껍데기가 울타리 너머로 던져져도 남아 있는 것이 그것입니다. 과거가 남긴 것, 우리의 사랑과 증오가 남긴 것이 그것입니다. 이제 작가는 다른 이들보다 더 리얼리티에 직면해서 살 기회가 많이 있다는 생각이 듭니다. 리얼리티를 찾고, 모으고, 나머지 우리와 소통하는 것이 작가의 일입니다. 나는 적어도 『리어왕』, 『에마』, 『잃어버린 시간을 찾아서』를 읽고서 그렇게 추측합니다. 이런 책들을 읽으면 감각에 묘한 수술이라도 해주는 것 같습니다. 이후에 더 골똘히 보게 되고, 세상이 덮개를 벗고 더 강렬한 삶을 드러내는 것 같습니다. 리얼리티가 아닌 것과 적대적으로 사는 이들은 부러운 사람들입니다. 그리고 알지도 못하고 신경도 쓰지 않는 일로 뒤통수를 맞는 이들은 딱한 사람들입니다. 그래서 내가 여러분에게 돈을 벌고 자기만의 방을 가지라고 권하는 것은, 리얼리티와 직면해서 살라는 뜻입니다. 여러분이 그것을 전할 수 있든 없든, 활기찬 삶이 나타날 겁니다.

여기서 그만두고 싶지만, 모든 강연은 맺는말로 마무리해야 한다는 관습의 압박이 있군요. 또 여성들에게 건네는 맺는말은 특별히 여성들을 북돋고 고양시키는 뭔가가 있어야 한다는 데 여러분도 동의할 겁니다. 나는 여러분에게 책임을 기억하라, 더 숭고해져라, 더 영적이 되라고 당부해야 할 겁니다. 얼마나 많은 것이 여러분에게 달려 있는지, 여러분이 미래에 어떤 영향을 미칠 수 있는지 상기시켜야 마땅하겠지요. 하지만 그런 권고들은 안전하게 남성들에게 맡겨도 좋을 거라는 생각이 듭니다. 그들은 내가 구사할 수 있는 것보다 훨씬 달변으로 조언할 테고, 사실 그래 왔습니다. 내 마음을 다 뒤져 봐도, 그들의 동반자가 되거나, 그들과 대등해지거나, 더 높은 목적을 위해 세상에 영향을 미치도록 하려는 고귀한 정서가 없네요. 그저 간단하고 평범하게 말하게 될 뿐입니다. 무엇보다 자기다워지는 게 훨씬 중요하다고 말이지요. 내가 고귀하게 들리도록 말할 줄 안다면, 타인에게 영향을 미칠 꿈 같은 건 꾸지 말라고 말하겠습니다. 사물을 그 자체로서 생각하십시오.

그리고 신문, 소설, 전기문을 뒤적이면서, 나는 여성이 여성들에게 말할 때는 아주 불쾌한 어떤 것을 숨겨 두고 있기 마련이라는 말을 새삼 곱씹게 됩니다. 여성들은 여성들에게 가혹합니다. 여성들은 여성들을 싫어합니다. 여성들은…… 그런데 이 단어가 죽도록 구역질 나지 않습니까? 나는 그렇다고 확실히 말할 수 있습니다. 그러면 여성이 여성들에게 낭독할 강연문은 특별히 더 불쾌한 말로 끝나야 한다는 데 동의하도록 합시다.

그런데 어떻게 그럴까? 내가 무엇을 생각할 수 있나? 사실 나는 여성들이 좋을 때가 많습니다. 관습적이지 않은 면이 마음에 듭니다. 그들의 완전함이 좋습니다. 그들의 익명성이 좋습니다. 또…… 하지만 계속 이런 식이면 안 되겠지요. 저기 있는 찬장에 깨끗한 냅킨만 들어 있다지만, 혹시 아치볼드 보드킨 경[126]이 숨어 있으면 어쩌려고요? 그러면 더 엄격한 말투로 말하겠습니다. 앞서 내가 인류의 경고와 비난을 충분히 전달했습니까? 나는 여러분에게 오스카 브라우닝의 여성들에 대한 아주 낮은 평가를 말해 주었습니다. 과거에 나폴레옹이 여성들을 어떻게 생각했는지, 지금 무솔리니가 어떻게 생각하는지 제시했습니다. 혹시 여러분 중 누가 소설을 쓰고 싶다면 도움이 되도록, 여성의 한계를 용감하게 지적한 비평가

126 Sir Archibald Bodkin(1862~1957). 1920년대에 검사장을 하면서 특히 외설 문학을 기소한 영국 법조인.

의 조언을 그대로 전했습니다. 나는 X 교수를 언급하면서 여성이 지성적·윤리적·신체적으로 남성보다 열등하다는 그의 탁월한 발언을 전했습니다. 찾지 않았는데도 내게 다가온 모든 것을 전했고, 여기 존 랭던데이비스의 마지막 경고가 있습니다.[127] 존 랭던데이비스는 여성들에게 〈어린이들에 대한 호감이 멈추면 여성들에 대한 필요도 멈춘다〉고 경고합니다. 잘 기억해 두기 바랍니다.

여러분에게 인생을 살아가라고 어떻게 더 격려할 수 있을까요? 젊은 여성들이여, 결론이 시작되니 집중해 주세요, 라고 말하고 싶습니다. 내가 보기에 여러분은 창피스럽게 무지합니다. 여러분은 어떤 종류의 중요한 것도 발견한 적이 없습니다. 왕국을 흔들거나 군대를 전투로 이끈 적이 없습니다. 셰익스피어의 희곡들은 여러분이 집필한 게 아니고, 여러분은 야만적인 인종에게 문명의 축복을 소개해 본 적도 없습니다. 무슨 핑계를 대겠습니까? 여러분은 흑인, 백인, 커피 빛깔 피부를 가진 주민들이 바쁘게 오가고 사업하고 사랑을 나누는 지구의 거리, 광장, 숲을 가리키면서 말할 겁니다. 우리 손으로 다른 일들을 했노라고. 우리가 일하지 않았으면 저 바다에 배가 뜨지 못하고, 저 비옥한 땅은 사막일 거라고. 통계에 따르면 현재 존재하는 16억 2천3백만 명의 인간들을 우리가

127 존 랭던데이비스 작, 『여성들의 짧은 역사』 — 원주.

낳았고 예닐곱 살이 될 때까지 먹이고 씻기고 가르쳤다고. 누군가의 도움을 받았더라도 그것은 상당한 시간을 필요로 하는 일이지요.

여러분의 말은 일리가 있습니다. 그것을 부인하지 않겠습니다. 하지만 동시에 1866년 이후 영국에 여성이 갈수 있는 칼리지가 적어도 두 군데 있다는 점, 1880년 이후 기혼 여성이 개인 재산을 소유하도록 법적으로 허용되었다는 점을 상기시켜도 되겠습니까? 9년 전인 1919년에 여성이 투표권을 받았다는 점도요? 또 10년 전부터 대부분의 직업이 여성에게 열려 있다는 점을 상기시켜도 되겠습니까? 이 엄청난 특권들, 이것들을 누린 기간, 이 순간 약 2천 명의 여성들이 이런저런 방식으로 연간 5백 파운드 이상을 벌 수 있다는 사실을 고려할 때, 기회, 훈련, 격려, 여가, 돈의 부족이라는 핑계는 더 이상 통하지 않습니다. 더욱이 경제학자들은 시턴 부인이 지나치게 다산했다고 말해 줍니다. 물론 여러분도 계속 자녀를 가져야겠지만, 경제학자들은 열 명이나 열두 명이 아닌 두세 명이 될 거라고 합니다.

그러니 손에는 시간을, 머리에는 책을 통한 지식을 갖고 — 여러분은 다른 종류의 지식은 충분하고, 교육이 부족해 대학에 보내지기도 하지요 — 대단히 장기적이고 힘들고 상당히 불투명한 커리어의 다른 단계에 착수해야 합니다. 천 개의 펜이 여러분이 무엇을 해야 할지, 어떤 영향력을 가져야 할지 알려 주려고 준비 중입니다. 내 제안이 다소 몽환적이라는 점은 인정합니다. 따라서 그것을 이야기의 형태로 표현하고 싶습니다.

이 원고에서 셰익스피어에게 누이가 있었다고 말했지만, 시드니 리 경[128]의 시인 일대기에서 찾아보지는 마십시오. 그 누이는 젊어서 죽었습니다. 안타깝게도 한 줄도 쓰지 못했지요. 그녀는 〈엘리펀트 앤드 캐슬〉 맞은편의 승합차 정류장이 있는 곳에 묻혀 있습니다. 그런데 나는 한 줄도 못 쓰고 교차로에 묻힌 이 시인이 아직 살아 있다고 믿습니다. 그녀는 여러분 안에, 내 안에, 설거지하고 아이들을 재우느라 오늘 밤 여기 오지 못한 많은 여성들 안에 있습니다. 그녀는 살아 있습니다. 위대한 시인은 죽지 않으니까요. 그들은 계속 존재합니다. 그들에게 필요한 것은 우리 가운데서 육체를 입고 거닐 기회뿐입니다. 내 생각에 지금 그녀에게 줄 기회는 여러분의 능력 안에서 나옵니다. 왜냐하면 우리가 1백 년쯤 더 살고 — 이것은 개인으로 사는 분리된 각각의 삶이 아니라 실질적인 삶인 공동의 삶을 말합니다 — 각자 연간 5백 파운드와 자기만의 방을 갖는다면, 생각을 고스란히 쓰는 자유와

128 Sidney Lee(1859~1926). 영국의 전기 작가, 평론가. 『영국인 명사 사전』을 편찬했다.

용기를 습관화한다면, 공동 거실에서 조금 빠져나와 인간들을 서로의 관계만이 아니라 리얼리티와의 관계로 바라본다면, 또한 하늘이든 나무든 무엇이라도 그 자체로서 그것을 바라본다면, 어떤 인간도 시야가 가려지면 안 되므로 밀턴의 악령을 넘어서서 바라본다면, 매달릴 팔 없이 혼자 가야 한다는 것과 우리의 관계가 남녀의 세계에 국한되지 않고 리얼리티의 세계와 관련되어 있다는 사실을 — 그게 사실이므로 — 직시한다면, 그러면 그때 기회가 올 것이고, 셰익스피어의 누이 같은 죽은 시인이 그리도 자주 내던져 버렸던 육체를 입게 될 것입니다. 앞서 오빠인 셰익스피어가 그랬듯, 앞서간 무명 시인들의 삶에서 자신의 생명을 끌어내면서 그녀는 태어날 것입니다. 그런 준비 없이는, 우리의 노력 없이는, 그녀가 다시 태어나면 시를 쓰며 살 수 있다는 걸 알게 해주겠다는 각오 없이는, 그녀가 오리라고 기대할 수 없습니다. 그건 불가능할 테니까요. 하지만 우리가 그녀를 위해 노력한다면 그녀가 올 거라고, 그러니 가난하고 불확실한 처지더라도 노력하는 것이 가치 있다고 분명히 말하겠습니다.

〈앎〉에 대한 고전들의 고전

정희진(문학박사, 이화여자대학교 정책과학대학원 초빙교수)

나는 수첩과 연필을 챙기면서 자문했습니다. 진리가 대영 박물관의 서가에 없다면 어디 있겠어? 그렇게 준비해서 자신감과 질문을 안고 진리 탐색에 나섰습니다. (……) 목이 쉰 평범한 사내들이 농작물을 실은 수레를 밀고 거리를 지나갔습니다. (……) 런던은 공장 같았습니다. 런던은 기계 같았습니다. 이 단순한 바탕에서 모두 앞뒤로 움직이며 문양을 엮어 갔지요. 대영 박물관도 그 공장의 한 부서였습니다.

— 버지니아 울프

남성은 칼자루를, 여성은 칼날을 쥐고 있습니다. 칼날을 쥐고 있는 여성은 움직일 때마다 피를 흘릴 수 밖에 없습니다.

— 나혜석

위에 인용한 버지니아 울프의 글은 계급과 젠더, 인종 차별로 성립 가능했던 인류의 이름으로 은폐된 남성의 역사를 요약한다. 근대에 이르러 〈여성 지식인〉이 형성되고 가시화되면서, 울프 같은 여성들은 선택할 수 없는 것을 선택해야 했다. 남성보다 뛰어나게 태어나거나, 완전히 비범하거나, 아니면 〈단지 여성〉일 뿐이라고 겸손해야 했다. 이중 메시지와 자기 분열 속에서 울프는 〈대영 박물관도 별거 아냐〉라고 자신을 다잡는다. 진리를 찾는 여성의 등장을 맞아, 울프는 여성에게 근대의 의미는 무엇인가를 질문했고, 찾을 수 없는 답을 자원 삼아 글을 썼다.

동시대를 살았던 나혜석의 글은 훨씬 명확하다. 근대의 보편적 인권 개념은 모든 인간은 평등하다고 주장한다. 남성과 여성 모두에게 시민권(펜, 칼)이 부여된 듯 보였다. 그러나 근대는 이성애 핵가족 제도를 중심으로 개인의 감정부터 국제 정치까지 인간 생활의 전 영역에 걸쳐 젠더가 제도화된 시스템을 말한다.

나혜석은 남성과 여성이 언어와 맺는 관계를 정확히 알고 있었다. 여성의 몸과 남성의 몸, 펜의 위치성. 기존의 언어가 이미 남성의 입장과 이익을 대변하고 있다면, 여성이 〈그들의 지식〉을 공부하고 남성과 대화를 시도하는 일은 계속 칼에 베이는 과정일 수밖에 없다. 남녀 불문, 어느 시대나 사회에 사회 규범 그대로 적용하는 사람은 없다. 유독 여성에게만 사회 규범에 철저히 적용하라고 말한다. 〈여성과 사회〉에서 여성에게 책임을 돌리는 것이다. 문제 삼아야 할 것은 〈시대를 앞서간 나혜석〉이 아니라 나혜석을 해석하지 못한 사회다. 피로 쓴 언어는 비유가 아니다. 나혜석의 베인 상처로부터 인류는 새로운 언어를 얻을 것이다. 문명이 여성을 비롯한 사회적 약자에게 진 빚은 노동 착취만이 아니다. 피억압자의 이 경험은 인간 모두에게 전복적 자원이 될 수 있다. 지배 세력도 구원받기 원한다면 말이다. 여성에게 글쓰기가 절실한 이유다.

김은실의 글은 『자기만의 방』과 버지니아 울프에 대한 가장 적확한 분석 중 하나다.

당시 영국 사회에서 남성 지식인들은 케임브리지 대학 도서관에서 오랜 시간 동안 사서들의 도움을 받으면서 많은 참고 문헌을 사용하며 〈논문〉을 쓰는 데 반해, 여성의 글쓰기는 시간의 단속성과 장소의 불연속성에 별 영향을 받지도 않고 참고 문헌이 필요하지 않은 〈소설〉 쓰기라는 현실을 마주한다. 그래서 여성은 자신의 생각을 개념화하고 주장하는 글을 쓰기 위해서는 자기만의 방과 1년간 글을 쓸 수 있는 5백 파운드의 돈이 필요하다는 것을 역설한다. 울프는 여성의 독립에 필요한 것은, 자신이 누구인지를 알 수 있는 사유 능력과 자기 생계를 책임질 수 있는 경제적 능력을 갖는 것이라고 주장한다. 울프에게 〈여성〉은 자기 자신만이 아니라 〈이미 복수로 존재하는 같은 역사적, 사회적 조건에서 기인하는 구체적 존재들〉이다.[1]

여기서 내가 강조하고 싶은 것은, 『자기만의 방』에 대해 쓰는 일은 시공간에 따른 여성들 사이의 같음과 다름에 대해 쓰는 역사적 작업일 수 밖에 없다는 사실이다. 지금 이곳은 1920년대 영국이 아니기 때문이다.

일단 나는 울프의 지적대로 〈같음〉, 다시 말하면 변화하지 않는 현실에 대해 쓰고 싶다. 1백여 년 전, 1929년 영국에서 출간된 버지니아 울프의 『자기만의 방』은 인간의 보편적 상황을 다룬다는 의미에서 고전들의 고전이다. 그런 점에서 1세기라는 시간 차, 즉 제국주의 영국의 중산층 여성인 울프와 후기 식민 사회 한국 여성들의 처지 사이에는 큰 차이가 〈없다〉. 여성이 글을 쓰기 위한 경제

---

1 김은실, 「서장: 페미니스트 크리틱, 새로운 세계를 제안하다」, 김은실 편, 『더 나은 논쟁을 할 권리』(서울: 휴머니스트, 2018), 8~29쪽과 김은실, 「조선의 식민지 지식인 나혜석의 근대성을 질문한다」, 『한국여성학』, 24(2), 147~186쪽(한국여성학회, 2008)을 참고하라. 마지막 문장의 강조는 필자의 것이다.

력과 자신을 설명할 수 있는 언어를 갖는 것은 해방의 기본 조건이자 영원한 과제다. 〈영원한 과제〉라는 건 달성되지 않을 목표이기 때문이다. 이것은 절망이 아니라, 가부장제나 그 사회를 살아가는 개인이나 모두 변형을 거듭한다는 의미에서 완전한 해방, 완전한 문제 해결은 없다는 뜻이다. 역사는 언제나 과정 중에 있다.

인간에게 언어란 무엇인가. 여성에게 언어란 무엇인가. 나는 『자기만의 방』이 언어와 쓰기에 대한 근본적인 질문, 글쓰기 책이라고 생각한다. 물론 지금 한국 사회에서 범람하는 〈기술적인〉 글쓰기 책이 아니라 인간의 글쓰기, 인간의 조건에 대한 물음이다. 인간은 네 살 때부터 작곡을 하고, 미적분을 풀고, 피아노를 치며, 피겨 스케이팅에서 스핀을 할 수 있다. 우리는 그런 이들을 알고 있다. 내 질문은 이것이다. 그런데 왜 네 살 때 글을 쓰는 사람은 없을까. 아무리 빨라도 작품으로서의 글은 최소한 10대 후반에서야 가능하다. 피아니스트의 손가락과 건반은 하나의 몸이다. 아이스링크와 스케이트와 선수의 몸도 분리 불가능하다. 미적분, 함수 풀기도 마찬가지다. 그러나 글쓰기는 쓰는 이와 글의 내용이 분리되기 쉬운 분야이다. 행간에는 인장처럼 선명한, 지시 대상에 대한 구체성이 있다. 오래전부터 글은 대상, 소재에 〈대한〉 쓰기로 인식되어 왔다. 인간 몸의 내외부가 분리된다. 〈무엇에 대해 쓰고 싶다, 나는 할 말이 있다〉는 식의 언설이 그것이다. 내가 쓴 글은 내가 아니라 나의 〈분신〉으로 간주된다.

글은, 언어는, 지식은 세계를 정의defining하고자 하는 인간의 의지, 권력 행위다. 앎이 없다면 세상을 인지할 수 없다? 그 전에 세상 자체가 구성되지 않는다. 때문에 글을 쓴다는 것은 세상을 〈조작〉, 생산 making하는 과정이다. 수천 년 동안 〈여성〉은 쓰는 주체가 아니라 대상이었고, 미소지니는 혐오든 숭배든 남성 문화의 자의적 규정, 즉 타자화의 결과이다. 그리고 모든 언어에 젠더 메타포가 있다.

주디스 버틀러나 도미야마 이치로의 글쓰기가 익숙하지 않다는 지적들이 불편한 이유, 다시 말하면, 그들의 글을 좋아하는 내 입장에선 〈쉬운 글〉이 오히려 불편한 이유는, 그들의 글이 대상화하지 않는 글쓰기이기 때문이다. 대상을 설명, 묘사, 주장하는 글쓰기는 나와 글의 분리를 전제한다. 본디, 몸이 글을 쓰는 것이 아니다. 몸과 글이 붙어 있다(있어야 한다). 이 상태는 도착(倒錯)이기도 하고, 옷을 거꾸로 혹은 뒤집어 입는 도착(倒着)으로 느껴지기 때문에, 익숙하지 않다. 문명의 시작, 글쓰기의 의미는 대상에 대한 대상화였다. 그리고 그 주된 대상은 여성, 〈노예〉, 자연이었다. 그런데 여성과 노예가 직접 글을 쓰는 시대가 도래한 것이다.

내게 이 책은 또한 권력과 지식에 관한 텍스트이다. 남성 문화가 가장 두려워하는 것은 여성이 언어를 갖는 것이다. 여성 집단에게는 전통적인 자원인 돈이나 칼이 없다. 그러나 새로운 언어, 기존의 역사를 상대화시킬 수 있는 언어는 추구할 수 있고 구사할 수 있다. 하나같이 수염을 기른 서구의 각종 〈~아버지〉(guru, master)들의 권력과 그 추종자들을 무너뜨리는 것, 새로운 지구를 만드는 일은 오로지 에피스테메뿐이다. 새로운 언어는 자신의 억압적 포지션을 인식한 자만이 누릴 수 있는 조건이다. 우리는 이를 자원과 특권으로 만들어야 한다. 백인 중산층 남성(이성애자, 비장애인)의 일상과 언어는 일치하지만, 그렇지 않은 이들의 삶과 언어는 불일치한다. 주지하다시피, 공부는 질문하는 방식을 배우는 것이다. 지적 호기심, 질문, 문제 제기, 도전은 후자에게서 일어날 수밖에 없다.

그런 의미에서 지금 한국 사회의 성차별의 본질이 성차별이라기보다는 무지의 권력이라는 점, 일부 페미니스트들의 생물학적 본질주의(〈여성으로 태어났기에 여성주의를 공부할 필요가 없다〉), 보수화된 사회 운동(공부하지 않는 운동가는 보수적이 된다) 현상은 매우 우려스럽다. 〈페미니스트〉를 포함하여, 모든 여성이 여성이 언어를 갖는 상황을 환영하지는 않는다. 하물며 남성 문화는? 사회는? 가장 지독한 미소지니는 자기만의 언어를 갖고자 하는 여성에 대한 〈불편함〉이다.

여성 독자의 탄생, 여성 지식인의 탄생. 울프는 남성이 쓴 글을 읽었고 쓰는 과정을 알게 되었다. 울프는 당황하고 분노했다.『자기만의 방』은 여성의 존재 이유 — 남성 자신을 설명하기 위해, 남성에게 노동을 제공하기 위해, 성적 대상으로, 글의 영감을 불러일으키는 사물(오브제)로 — 를 〈알려 준다〉. 이 현실은 변화가 없다. 여성은 매일 아침 일어나자마자 죽은 어머니들의 유산과 남성 문화라는 사자(獅子)와 싸운다. 울프는 이것이 인류의 역사였음을 폭로하고, 여성이 글을 쓰기 위한 조건을 제시한다.

『자기만의 방』의 성취는 여성에게만 국한되지 않는다. 아니, 이런 표현 자체가 잘못된 것이다. 여성은 어느 그룹에나 있다. 가난한 이들, 장애인, 성 소수자, 난민, 장애인, 〈유색 인종〉……. 여성과 인간을 분리하는 사고는 난센스다. 〈노동 계급 우선〉이라는 익숙한 주장은, 노동자의 반이상이 여성이라는 엄연한 사실조차 의심하게 만든다. 그만큼 그들의 언어는 힘이 세다. 이를 보충하는 남성 문

화의 기이한 〈관대함〉이 있다. 장애 여성은 장애인으로서
는 인간이지만, 여성으로서는 인간의 범주에서 제외된다.

아마 푸코는 『자기만의 방』에서 가장 영감을 얻었으리
라. 울프의 언어에 대한 천착은 이 책을 뛰어난 역사서로
만드는 이유이기도 하다. 장르적 측면에서도 『자기만의
방』은 문학적 성취가 돋보이는 고전이다. 이 작품은 그의
다른 작품들인 『출항The Voyage Out』(1915), 『댈러웨이
부인 Mrs. Dalloway』(1925), 『등대로To the Lighthouse』
(1927), 『올랜도Orlando』(1928)와 구별된다. 울프의 작
품들은 전통적인 줄거리 위주의 형식에 저항하는 독창성
을 보여 준다. 『자기만의 방』에는 여러 장르가 혼재되어
있다. 『자기만의 방』은 강연록, 소설, 극본, 역사서, 논문
essay[2] 등 여러 형식으로 읽어도 무방하다.

특히 지식의 성별화, 계급적 성격을 추적하고 있다는
점에서 서양사 전반에 대한 뛰어난 비판과 통찰을 보여
준다. 지식의 역사적 구성을 탐구한다는 점에서 메타 역
사서, 지식 입문서로서 평가받아야 한다. 울프가 말하는
글쓰기의 조건은 반드시 다음과 같은 진실을 동반한다.
모든 작가에게 자아 정의는 자기주장보다 반드시 선행한
다. 창조적인 〈나란 존재〉가 무엇인지 〈내〉가 알지 못한
다면 언어화할 수 없다. 그러나 여성 예술가에게 자아 정

2 이 단어에는 〈소논문〉이라는 의미가 있다.

의의 본질적 과정은 그녀와 그녀 자신 사이에 끼어든 모든 가부장제적 정의 때문에 복잡해진다.[3]

〈거울을 보고 있는데 끔찍한 얼굴(짐승의 얼굴)이 갑자기 내 어깨 위로 나타나는 꿈을 꾸었다. 나는 이것이 꿈이지 현실인지 구분할 수 없었다〉는 울프의 말처럼, 자신을 아는 과정은 자신의 변형과 그 변형에 대한 사회적 반응에 대한 〈악몽〉이기도 하다. 그래서 누구나 그렇듯 자신을 아는 일은 가장 어렵다. 평생에 걸친 작업이다. 남성들, 남성 작가들은 이에 대한 고민 없이 타인의 노동과 고통에 무임 승차해 왔다. 자신이 보편이기 때문에 그들은 자신을 설명하기 위해 평생을 소진하는 고통을 겪을 필요가 없었다.

나 자신을 포함하여 인간은 자기에게 문제가 생겼을 때만 자신의 위치와 상황에 대해 고민하게 된다. 프란츠 파농, 에드워드 사이드는 자기 자신이 누구인가를 고민할 수 밖에 없는 남성이었다. 이처럼 자신을 아는 과정은 여성에게만 필요한 것이 아니지만, 〈여성〉은 가장 오래된 피해자, 가장 광범위한 피해자, 가장 깊이 타자로 다뤄진 존재이기 때문에 우리는 젠더를 〈사회적 구조〉라고 말한다. 여성주의가 메타 젠더로서 인식론, 사유 방식, 방

3 샌드라 길버트, 수전 구바, 『다락방의 미친 여자』, 박오복 옮김(북하우스, 2022), 95쪽.

법론인 이유다.

울프의 장편소설이 전통적인 소설의 질서를 따르기보다 마치 제임스 조이스와 경쟁하는 듯이 보인다는 일부 비평은 재론이 필요하다. 울프는 다른 형식을 추구했다. 여성주의는 가부장제의 대항 담론counter discourse이 아니기 때문이다. 〈여성〉의 인생은 여성주의를 만났다고 해서, 해방되지도 명확히 정리되지도 않는다. 더 복잡해질 뿐이다. 우리는 사회로부터 자유로울 수 없는 종속된 주체로서 〈그녀와 그녀 자신 사이에 끼어든 모든 가부장제〉 사이에서 괴로워한다. 우리는 그 괴로움에 대해 쓰는 것이다.

『자기만의 방』은 타자the others에게 필요한 것은 무엇인가에 대한 시원(始原)적 사유를, 또한 인간은 누구나 타자성을 갖고 있다는 점에서 인류의 보편적 상황을 일깨운다. 『자기만의 방』은 인류 역사상 최초로 인간이 자연과 신(神)의 지배에서 벗어나 지구의 주인이 된 근대에 대한, 여성의 기대와 실망을 직면하는 텍스트다. 모든 인간이 평등하다는 근대적 규범, 인권 사상에도 불구하고 왜 울프의 일상은 달라지지 않았는가. 그녀 역시 친족(오빠) 성폭력의 피해자였다. 이것은 문명사 이래 전혀 달라지지 않는 여성의 현실이다. 그리고 계몽주의, 말 그대로 〈en/lightenment〉의 시대에도 왜 여성은 넓은 세상의

〈광명〉과 〈계명(啓明)〉의 빛을 보지 못하고, 사적인 장소로 간주되는 영역에서 남성을 만족시켜 주는 데 만족해야 하고, 공적 영역에서 경제력을 갖기는커녕 도서관도 마음대로 드나들지 못하는가(최근 한국 사회에서는 10대 남성이 공공 도서관이 여성학 책을 구입하는 것은 세금 낭비이자 남성에 대한 성차별이라며 사서를 고발한 사건도 있었다).

『자기만의 방』은 젠더화된 근대, 성차별적 근대에 대한 근본적인 문제 제기였다. 〈왜 남성들은 포도주를 마시는데 여성들은 물을 마실까? 왜 남성들은 그렇게 부유한데 여성들은 그렇게 궁핍한가? 빈곤은 소설에 어떤 영향을 미치는가?〉 『자기만의 방』에 대해 사람들은 대개 〈여성주의〉를 연상하고 그 안에 〈가두려고〉 한다. 그러나 이 작품은 계급과 인종, 사회적 약자, 울프 자신이 고통받았던 질병으로 고통받는 건강 약자에 대한 질문 등 다방면의 인간 문제를 다루고 있다.

한국에서 배우 김지숙이 30년간 공연한 모노드라마, 하랄트 뮐러의 연극 「로젤Rosel」[4]은 『자기만의 방』에서 언급된 셰익스피어와 여동생의 이야기와 비슷하다. 울프는 재능은 뛰어났지만 여성이라서 불운했던 셰익스피어

---

4 이 작품이 2009년 노벨 문학상을 수상한 루마니아 출신의 여성 작가 헤르타 뮐러의 작품이라는 한국 인터넷의 내용은 사실과 다르다.

의 여동생의 이야기를 가져온다. 같은 아버지의 자식이
지만 오빠와 여동생의 삶은 무참히 달랐다. 오빠처럼 공
부에 목말랐던 그녀는 아버지의 억압을 피해 런던으로
도망친다. 하지만 그녀는 오빠와는 딴판으로 성적 착취
와 임신으로 괴로워하다 자살로 생을 마감한다.

　울프는 16세기 셰익스피어 시대에 일어났던 일이, 왜
자신이 살고 있는 1920년대 후반에도 지속되고 있는지에
대해 분노했다. 나는 이 연극을 여러 번 보았는데, 작가가
되고 싶었던 여성이 독주를 마시고 혼자 〈낙태〉를 하는
장면은 여성에게는 가부장제에 순응하는 것과 저항하는
것 모두 선택지가 될 수 없다는 절망감을 주었다.

　이 글을 쓰는 즈음 나는 세 가지 생각에 몰두해 있었다.
가까운 이로부터 오랫동안 성폭력을 당해 온 A는 〈그 사
건은 주님이 내게 주신 역경이라고 생각했다. 그래서 평
생토록 교회에서 기도만 했는데, 여성주의를 알고 난 후
그 일이 누구에게나 일어날 수 있는 《범죄일 뿐》이라는
사실을 깨달았다〉고 말했다. 범죄 피해자인 그녀가 〈역
경을 극복〉하는 데 걸린 시간은 40년이다. 그녀에게 여성
주의가 좀 더 일찍 당도했다면?

　다른 이는 내가 담당하는 야간 대학원 수업의 미술 전
공 수강생이다. 낮에는 아르바이트를 해서 수업 시간에

피로감를 감추지 못했다. 그 자체로도 안타까웠지만, 나는 당연히 그녀가 전공과 관련된 아르바이트를 하는 줄 알았다. 그러나 그녀는 학교에서도 먼 지역에서 육체적 부담이 많은 식당 일을 하고 있었다. 나는 그에게 〈빚을 내서라도 공부가 먼저다, 아르바이트를 그만두라〉라고 조심스럽게 조언했지만, 그가 호소하는 꿈과 돈 사이의 간격이 주는 분노에 공감했다.

마지막은 미국 어느 대학 〈도서관 서고의 길이가 서울에서 춘천까지의 거리보다 길다〉는 내용의 책을 읽었을 때다. 열패감, 좌절, 분노를 넘어서 나는 다음 생에 서구에서 다시 태어나고 싶었다.

1백 년이 지난 지금 〈IT 강국〉 한국에서 〈자신을 근대적 지식인으로 강하게 정체화했고 관련 직업에 종사했던 1937년생 남성과 1938년생 여성 사이에서 장녀로 태어나 30년간 글쓰기를 해온〉 나의 삶은, 나 같은 여성이 울프 시대보다 많다는 것 외에는 차이가 없다. 나는 늘 검열과 〈조금만 말해야 한다〉는 겸손한 여성 콤플렉스에 시달리는데, 한국 사회는 나더러 〈아직도 하고 싶은 말이 남았냐〉라고 한다. 내가 남성이었다면, 하고 싶은 말을 더 하라고 공부를 격려받았을 것이다. 남성 문화의 무지 앞에 여성의 상식은 죄가 된다.

게다가 모든 곳에서 지식 생산의 억압이 이루어지는

〈국가 안보〉라는 사회 심리의 사회, 분단의 적대적 공범자들, 식민 콤플렉스, 이제는 아류 제국주의의 망상이 겹쳐 문해력이 세계 최하위인 한국 사회는 지식인이 생산될 수 있는 인프라가 점차 사라지는 듯하다. 동시에 〈같은 여성인 김건희 박사〉 천지다.

물론 지금은 울프가 살았던 시대와 다르다. 모든 이들에게 성별보다 계급이 중요한 시대가 되었다. 지금은 〈모두가 작가인 시대〉다. 그리고 이를 젊은 여성들이 주도하고 있다. 물론 다른 영역 — 학문, 정치, 종교 — 에서는 여전히 극도의 성차별로 여성의 언어가 생성되기 어렵지만, 어쨌든 여성 노벨 문학상 수상 작가의 탄생은 물론 심지어 소설은 〈여성적〉 장르라고까지 여겨진다.[5]

성차별은 〈변화가 없지만〉, 자본주의가 변했다. 여성주의의 이론도 엄청난 발전을 이루었다.[6] 플랫폼 자본주

---

5 소설가 황석영은 1980년대 이후 한국에서의 여성 작가의 약진을 결혼으로 생계가 보장된 여성들에게만 가능한, 즉 유한계급 여성의 등장 때문이라고 지적했다. 그러나 그가 말한 1960년대생 여성 작가들 — 신경숙, 공지영, 공선옥, 윤희경, 김형경 등 — 은 모두 자신이 생계 부양자였다.

6 대표적으로 울프가 제기한 양성성 개념을 들 수 있다. 인간은 양성으로 태어나지 않는다. 이후 페미니즘의 이론의 발전은 인터 섹스[間性] 등 다양한 젠더genders를 제기했다. 정희진 편, 『양성평등에 반대한다』(서울: 교양인, 2017) 참조.

의 시대는 기후 위기, 만성화적 실업 등 모든 것을 변화시켰지만, 무엇보다 읽기 쓰기, 독자와 작가의 개념을 재편했다. 지식, 정보, 댓글의 구분이 사라졌다. 개가식 도서관은 없어졌다. 연필로 원고지에 글을 쓰는 몸의 감각도 사라졌다.

젊은 여성들이 〈독자는 사라지고 모두가 작가인 시대〉를 주도하고 있다. 울프가 강조했듯이 『자기만의 방』에서 〈나〉는 실존하지 않는 누군가를 지칭하는 대명사일 뿐이어서, 나와 울프는 같은 여성으로서 단순 비교가 가능하다. 다시 말해, 젠더는 너무나 뿌리 깊은 억압이어서 몰역사적으로 인식되기 쉽지만, 내 입장에서는 〈울프와 나의 차이〉는 매우 역사적이다. 당대의 영어 권력은 그녀와 나를 영어권 글로벌 시티즌과 비영어권 난민으로 나누었다. 중국과 미국의 G2 시대는 피상적 평가다. 지식은 모두 영어권으로 모이고, 영어권에서 생산된다.

내가 아는 여성주의는 자기 현장에서, 자신을 설명하는 언어를 생산하는 것이다. 울프도 이에 동의한다면, 지금 한국은 여성주의를 포함해 미국 이론의 식민지다. 최근 한국의 여성주의를 설명하는 방식조차 미국의 예전 언어를 그대로 가져다 쓰고 있다. 지금의 상황은 페미니즘의 대중화가 아니고 신자유주의의 틈새에서 여성의 성역할과 여성의 개인화(개체화, 개별화)가 혼돈된 시기이

다. 페미니즘 리부트? 이명박, 박근혜 정부에서 여성주의
는 활성화된 적이 없다. 백래시? 이는 단순한 문화 지체
이다. 팔루디의 백래시 분석은 1980년대 초반 미국의 정
부와 언론이 대대적인 리버럴, 좌파, 페미니즘에 억압을
가한 데서 나온 것이었다. 지금 우리 언론이 그러한가?
문재인 정권이 그랬는가? 교차성? 교직성이 더 적절한 표
현이다. 교차성은 물리적이라는 인상을 주는 언어다. 정
확히 말하면, 교차성이 아니라 융합(trans-)이어야 한다.

　플랫폼 자본주의 시대의 동력은 방치, 무지, 에고 인플
레이다. 문제는 여성주의도 예외가 아니라는 사실이다.
수많은 해석과 코멘트, 토론을 열망하는 울프의 목소리
가 들린다. 우리는 『자기만의 방』을 여러 번, 더 깊게, 더
맥락적으로 읽어야 한다. 이 작품을 서구의 여성주의 고
전으로 만들기 위해서가 아니라, 지금 여기의 우리 자신
을 위해서.

울프가 이끄는 풍경

영문과 재학 시절, 버지니아 울프는 익숙하면서도 가깝게 다가서지는 못한 이름이었다. 페미니즘의 선구자이며 영문학에서 의식의 흐름 기법을 활용한 작가라고 알고 있긴 했지만, 작품을 따로 공부할 기회는 없었다. 그러다가 20년 전쯤 마이클 커닝햄의 소설 『세월』을 영화화한 「디 아워스」라는 영화에서 버지니아 울프를 만났다. 영화는 각기 다른 시대에 살지만 가정과 사회의 억압 속에서 자신을 찾으려 분투하는 세 여성의 삶을 그렸고, 그중 한 여성이 울프였다. 우울 질환에 시달리며 평화로운 전원에서도 공허감 속에 고통받던 그녀가 강가를 산책하다가 물에 빠져 생을 마감하는 장면이 잊히지 않는다. 문득 20세기 미국의 대표적인 여성 작가 실비아 플라스가 떠오르기도 한다. 억압적이고 가부장적인 시대와 사회를 조명한 빼어난 소설 『벨 자』를 썼지만 플라스 역시 울프처럼 스스로 삶을 끝냈다. 시대와 분투했던 여성들의 삶을 통찰하여 작품에 담고 동시대와 후대의 여성들을 일깨웠지만, 정작 자신들은 우울과 절망에 빠져서 삶을 지속할 수 없었다는 사실이 가슴을 짓누른다.

울프는 여성을 〈집 안의 천사〉라는 이미지에 가두고 있었던 빅토리아 시대에 출판계의 유력 인사인 아버지와 자선 활동으로 유명한 어머니 사이에서 태어났다. 여성이기에 대학 교육을 받지 못했지만, 자택 서재의 장서들과 아버지의 지인인 문인들 사이에서 지적이고 예술적인 자극을 받으며 작가로 성장했다. 다양한 장르의 글을 쓰던 중 케임브리지 대학의 여성 칼리지에서 〈여성과 소설〉이라는 주제로 강연을 했고, 이후 강연 원고를 보강해 발표한 에세이가 『자기만의 방』이다. 최초의 페미니즘 비평문으로 꼽히는 『자기만의 방』은 삶의 다른 영역들과 마찬가지로 문학이라는 영역에서도 여성이 소외되어 온 현실을 되짚으면서, 여성이 글을 쓰려면 연 수입 5백 파운드의 돈과 방해받지 않는 자기만의 방이 필요하다고 강조한다.

『자기만의 방』은 강연문의 기조를 유지하지만, 〈메리〉라는 인물이 옥스브리지 캠퍼스에서 남녀 차별적인 현실을 체험하거나 대영 박물관에서 여성 작가들의 희미한 자취를 찾아가는 내용 등은 소설 같은 분위기를 자아낸다. 강연하는 어투를 유지하면서도 소설 같은 내용과 비평문다운 문체를 두루 살리는 것이 번역 작업의 큰 과제였다. 때로는 분석적이고 이지적인 내용을 문어체로 담담하게 담아내고, 때로는 신랄하고 핵심을 찌르는 구어체로 글의 맛을 살리는 것이 쉽지 않았다. 또 울프가 인용하거나 설명하는 다양한 시대의 문인들과 작품들을 파악하는 부지런함이 요구되었다. 번역자로서 어려운 작업이었지만, 한편으로는 순수하게 독자로서 울프의 시각을 따라가며 여러 시대와 사회의 흐름을, 여성들의 삶과 내면을 들여다볼 수 있었다. 빅토리아 시대부터 세계 대전 시기까지 삶을 살아가며 그 한복판에서 여성의 삶과 글을 누구보다 치열하게 고민했던 울프의 고민이 현재까지 이어지는 듯한 기분이었다. 그 치열함이 이끄는 새로운 풍경을 여행하는 충만한 시간을 누릴 수 있었다.

끝으로, 이 책의 번역 저본으로는 Virginia Woolf, *A Room of One's Own* (London: Penguin Classics, 2000)을 사용했음을 밝힌다.

2022년 10월
공경희

버지니아 울프 연보

1878년　레슬리 스티븐과 줄리아 프린셉 덕워스가 결혼함. 각기 배우자와 사별한 이전의 결혼에서, 레슬리는 딸 로라를, 줄리아는 조지, 스텔라, 제럴드 덕워스 남매를 둠.

1879년　버네사 스티븐 출생.

1880년　토비 스티븐 출생.

1882년 출생　1월 25일 애들린 버지니아 스티븐Adeline Virginia Stephen 출생. 레슬리 스티븐, 『영국 인명 사전*Dictionary of National Biography*』의 편집자로 일함.

1883년 1세　에이드리언 레슬리 스티븐 출생.

1885년 3세　레슬리 스티븐, 『영국 인명 사전』 제1권을 출간함.

1891년 9세　레슬리 스티븐, 『영국 인명 사전』 편집자직을 사임함. 로라, 정신 병원에 입원함.

1895년 13세　줄리아 스티븐 사망.

1896년 14세　버네사, 회화 수업을 받기 시작함.

1897년 15세　버지니아, 킹스 칼리지에서 그리스어와 역사 수업을

청강함. 규칙적으로 일기를 쓰기 시작함. 4월 스텔라 덕워스, 잭 힐스와 결혼함. 7월 스텔라 사망. 버지니아, 최초의 신경 쇠약 증세를 보임. 제럴드 덕워스, 출판사를 설립함.

1899년 17세 버지니아, 클라라 페이터로부터 라틴어와 그리스어를 배움. 토비, 케임브리지 대학의 트리니티 칼리지에 입학하여 리턴 스트레이치, 레너드 울프, 클라이브 벨 등과 함께 학교에 다님.

1901년 19세 버네사, 로열 아카데미 스쿨에 입학함.

1902년 20세 버지니아, 재닛 케이스로부터 고전을 배움. 에이드리언, 케임브리지 대학의 트리니티 칼리지에 입학함.

1904년 22세 레슬리 스티븐 사망. 버지니아, 최초의 자살 기도. 조지 덕워스 결혼. 스티븐 사 남매와 블룸즈버리 구역의 고든 스퀘어 46번지로 이사함. 레너드 울프가 스리랑카로 가기 전에 찾아옴. 버지니아, 이탈리아와 프랑스를 여행함. 『가디언*Guardian*』에 첫 기고를 함.

1905년 23세 버지니아, 몰리 칼리지의 주간 대중 교양 강좌에서 가르침. 토비, 케임브리지의 친구들을 집으로 초대함. 〈블룸즈버리 그룹〉이 시작됨. 버지니아, 에이드리언과 함께 포르투갈과 스페인을 여행함.

1906년 24세 사 남매, 그리스를 여행함. 버네사와 토비, 티푸스 발병. 11월 20일 토비 사망. 11월 22일 버네사, 클라이브 벨의 청혼을 수락함.

1907년 25세 버네사, 결혼함. 버지니아, 에이드리언과 함께 피츠로이 스퀘어로 이사함.

1908년 26세 버네사의 장남 줄리언 출생. 버지니아, 버네사 부부와 함께 이탈리아를 여행함.

1909년 27세 버지니아, 캐럴라인 에밀리아 고모로부터 2천5백 파운드의 유산을 상속받음. 리턴 스트레이치의 청혼. 상호 동의로 취소. 버지니아, 오톨라인 모렐과 처음 만남.

1910년 28세 버지니아, 여성 참정권 운동에 참여함. 버네사의 차남 퀜틴 출생.

1911년 29세 버지니아, 서식스 지방의 리틀 탈런드 하우스를 임대함. 레너드, 스리랑카에서 귀국. 11월 버지니아, 에이드리언, 레너드, 존 메이너드 케인스, 덩컨 그랜트가 런던의 브런즈윅 스퀘어에 있는 집을 공동 임대함.

1912년 30세 버지니아, 서식스 지방의 애셤 하우스를 임대함. 8월 10일 레너드와 결혼함. 울프 부부, 런던의 클리퍼드 인으로 이사함.

1913년 31세 버지니아, 첫 소설 『출항*The Voyage Out*』 원고를 제럴드 덕워스에게 넘김. 7월 버지니아, 요양소에 들어감. 9월 자살 시도.

1914년 32세 제1차 세계 대전 발발.

1915년 33세 『출항』 출간. 4월 울프 부부, 리치먼드의 호가스 하우스로 이사함. 버지니아, 다시 규칙적으로 일기 쓰기를 시작함.

1917년 35세 인쇄기 구입. 호가스 출판사 설립. 여기서 최초로 출간한 작품은 부부 합작의 『두 이야기*Two Stories*』.

1918년 36세 버지니아, T. S. 엘리엇을 만남. 버네사의 딸 앤젤리카 출생.

1919년 37세 울프 부부, 서식스 지방의 멍크스 하우스를 매입함. 두 번째 소설 『밤과 낮*Night and Day*』이 덕워스의 출판사에서 출간됨. 「현대 소설론Modern Novels」(1925년 〈Modern Fiction〉으로 개정)이 『타임스 리터러리 서플러먼트*Times Literary Supplement*』에 게재됨.

1920년 38세 『출항』과 『밤과 낮』이 미국에서 출간됨.

1921년 39세 단편집 『월요일이나 화요일*Monday or Tuesday*』이 호가스 출판사에서 출간됨. 이후 영국 내에서 그녀의 작품은 모두 여기서 출간됨. 이 단편집은 미국 하코트 브레이스에서 출간되었고, 이후로 이 출판사가 미국 내에서 그녀의 작품을 출간하게 됨.

1922년 40세 세 번째 소설 『제이컵의 방*Jacob's Room*』이 출간됨. 비타 색빌웨스트와 처음 만남. 1921년과 1922년에 버지니아가 일으킨 심각한 발작으로 울프 부부, 리치먼드로 이사함. 1923년에 건강 호전. 1924년 초에 런던으로 돌아옴.

1923년 41세 울프 부부, 스페인 여행 후 파리를 들러 귀국함. 호가스 출판사에서 T. S. 엘리엇의 『황무지*The Waste Land*』가 출간됨.

1924년 42세 울프 부부, 태비스톡 스퀘어로 이사함. 케임브리지 대학의 이단 협회에서 〈허구의 인물Character in Fiction〉이라는 제목으로 강의함.

1925년 43세 네 번째 소설 『댈러웨이 부인*Mrs. Dalloway*』과 평론집 『보통 독자*The Common Reader*』가 출간됨. 아마도 이 무렵(4월)에 『댈러웨이 부인의 파티*Mrs. Dalloway's Party*』 단편들을 쓴 듯함.

1926년 44세 헤이스 코트 스쿨에서 〈책을 어떻게 읽을 것인가? How Should One Read a Book?〉라는 제목으로 강의함.

1927년 45세 다섯 번째 소설 『등대로*To the Lighthouse*』가 출간됨. 울프 부부, 첫 자동차를 구입함.

1928년 46세 여섯 번째 소설 『올랜도*Orlando:A Biography*』가 출간됨. 10월 케임브리지 대학에서 두 차례 강의를 함. 그중 하나가 『자기만의 방*A Room of One's Own*』의 기초가 됨. 『등대로』로 페미나 문학상 수상.

1929년 47세 『자기만의 방』 출간. 『포럼*Forum*』지에 「여성과 허구 Women and Fiction」를 기고함.

1931년 49세 일곱 번째 소설 『파도*The Waves*』가 출간됨. 여성 협회에서 〈여성을 위한 직업들Professions for Women〉이라는 제목으로 강연함.

1932년 50세 『보통 독자』 제2권이 출간됨. 케임브리지 대학에서 1933년 클라크 강연의 연사로 초빙되었으나 사절함.

1933년 51세 여성 시인 엘리자베스 브라우닝의 전기 『플러시, 전기*Flush, A Biography*』를 출간함. 울프 부부, 자동차로 이탈리아를 여행함.

1934년 52세 오톨라인 모렐의 집에서 W. B. 예이츠를 만남. 조지 덕워스 사망. 로저 프라이 사망.

1935년 53세 울프 부부, 독일을 여행함. 이탈리아와 프랑스를 거쳐 귀국함.

1937년 55세 여덟 번째 소설 『세월*The Years*』이 출간됨. 조카 줄리언 벨이 스페인 내전에서 전사함.

1938년 56세 에세이 『3기니*Three Guineas*』가 출간됨.

1939년 57세 울프 부부, 런던으로 망명한 지그문트 프로이트를 방문함. 울프 부부, 메클렌버그 스퀘어로 이사함.

1940년 58세 『로저 프라이 전기*Roger Fry:A Biography*』가 출간됨.

1941년 59세 마지막 소설 『막간*Between the Acts*』을 탈고함. 3월 28일 버지니아, 서식스의 우즈강에서 자살.

열린책들 세계문학 283 자기만의 방

옮긴이 공경희 서울에서 태어나 서울대학교 영문학과를 졸업하였다. 현재 전문 번역가로 활동하고 있다. 옮긴 책으로는 『시간의 모래밭』, 『매디슨 카운티의 다리』, 『모리와 함께한 화요일』, 『천국에서 만난 다섯 사람』, 『벨 자』, 『파이 이야기』, 『감염체』, 『교수와 광인』, 『호밀밭의 파수꾼』, 『아들과 연인』, 『복제인간』, 『우리는 사랑일까』, 『행복의 추구』, 『행복한 사람, 타샤 튜더』, 『길리아드』, 『굿바이, 찰리 피스풀』, 『우연한 여행자』, 『태엽 감는 여자』, 『마시멜로 이야기』, 『좀비』 등 다수가 있다. 저서로는 북 에세이 『아직도 거기, 머물다』가 있다.

지은이 버지니아 울프 **옮긴이** 공경희 **발행인** 홍예빈·홍유진
발행처 주식회사 열린책들 **주소** 경기도 파주시 문발로 253 파주출판도시
전화 031-955-4000 **팩스** 031-955-4004 **홈페이지** www.openbooks.co.kr
Copyright (C) 주식회사 열린책들, 2022, *Printed in Korea.*
ISBN 978-89-329-1283-7 04840 **ISBN** 978-89-329-1499-2 (세트)
발행일 2022년 11월 10일 세계문학판 1쇄 2024년 2월 15일 세계문학판 3쇄

열린책들 세계문학
Open Books World Literature